U0908955

蓝色　一百击

陈黎 诗选

陈黎 著

新星出版社 NEW STAR PRESS

雅众文化 出品

辑一 | 香客

辑二 | 十二朝

辑三 | 十二圣

辑四 | 四方

辑五 | 五寰

辑六 | 亚／热带

辑七 | 花莲蓝

辑一——香客

五行

土

我想你的发掠过你的颈
我想你的颈顺发而下你的脊
我想你的脊转旋横陈如家乡的一列山
而我的呼吸是一队小蚂蚁，一步
一步造反向一切的峰顶

水

有着倩兮美目、情人兮湿唇的监试
委员啊，你看到我偷看你两件白衣下
肉隐肉现若有若无的答案。请补我
不要捕我：罚我在你双唇双肩间补修
强心壮胆、动手动脚的营养学分吧

火

那枯鱼跃进夜的锅子里变成一尾
煎鱼，你的舌影是暧昧的锅铲
以湿意诱其彻夜翻转，直至全焦
用你的目光刀叉它吧，让它形销骨立
去肉存神，成为一堆发亮的刺

金

时间的汇率：见面时，那葡萄牙
民歌说一小时短似一分钟。不见时
有人度日如年，有人以一日易
三秋。刺桐花方红时，我们
尚未满月，如今已一千几百岁

木

我选择，譬如说，为一张木质的椅子
在当你坐下，奋力承接你喜悦的重量的同时
舒缓自在地测量你股间布料的湿度韧度
甚至当你蠕动胃肠轻轻排气，众人全然不察时
感觉自己像一面咚咚作响的得意的鼓

二〇一一

三色

蓝日志

“我沦陷了。
你无所不在的帝国舰队
把我圈围在一片蓝色之海……”

“陷溺者啊，你自己就是那舰队的司令呢！”

“啊，容我以你的浮枕
为总部，当一日一夜一世的
帝下司令……”

黑马甲

以黑色马甲束胸束腹的
黑长发骑士啊
你马甲上的草味
诱人度：甲
你马甲下的草味
诱人度：甲上

路人甲可以作证

路人乙可以作证

路人丙可以作证

让我成为第一个被你黑色蕾丝绊倒的

黑马甲吧

绿袖子

你不忍在起身离去时惊醒我

留下一截断了的绿袖

在我颈下。袖子上

你掉落的发丝像思念自动繁殖

连绵到窗外，啊风吹——

你的绿袖子在晨光中飘曳成

行向你的草地

二〇一一

符号学

括号：（ ）

让我躲进括号里，有着括约肌、包容一切的一对括号。隐所有思想、行动于空白，不必言说：（ ）。这世界太喧嚣，太多嘴，太散文，所需者唯一张半阖的嘴，一个诗意的入口。空白里有活力，有不成文文法，溶顿号、逗号、句号、问号、冒号、删节号……为一不露声色的叹号，潮湿而坚毅的舌头：

（！）

斜线

多美妙，你／我间薄薄斜斜的墙壁，你在三角形的楼上，我在三角形的楼下。楼梯是滑梯，是天阶。每夜入睡后，你斜斜滑到我的屋角，又一级一级走回梦境，我感觉墙壁像镜子，倒映着被你弄歪的天河

多美妙，动／物间虚实交接的斜线，你是回弹不停的球，我是再三体会的墙板，你是周而复始的浪，我是全然领受的岸，你在楼上地震，我在楼下成为乱喊乱叫流汗的地震仪，在我们合而为一的动物园

括号：︶

你的嘴唇︶一动再动（虽然无声），但从它们的形态看来，

你仿佛在告诉我，那个我一直领受的故事：渴望

二〇一一

乩童学

彼狡童兮，立在乡里上
拖着一条狐狸尾巴
占卜着，准备起乩
目光不时飘向我，想要
邀我为同行，以我为桌头
把附身的神灵之语
译写在我身上。人各有体啊
真狡猾啊，那乩童
前几天不小心看到我在溪口
沐浴，在脸书上向好友们传
说“其新孔嘉，其旧如之何”
真丢脸啊。他会不会去那宣称
礼乐射御四艺并重的孔门
问孔学的博士如何以我的
身体为箭靶，瞄准圆心
我是行止得体的女子啊
没碰过箭，也非被箭射过的
箭靶。他说他是诗人，是
一个洞观者。真坏啊
立在那里，远远地散发狐臭

但谁叫我是在海畔

逐臭又被臭所逐的一朵芙蓉

二〇一三

谎言学

瞎子河马说：

善意的谎言是白色的

芦苇的谎言是愈摇愈白色的

瞎子的谎言是大象色的

大象的谎言是灰色的

太像的谎言是总统府或白宫色的

不太像的谎言是粉红色的

饿意的谎言是天将白或将黑色的

敌意的谎言是雪上加霜色的

山意的谎言是绿色的

绿色政党的谎言当然也是绿色的

黄衫军的谎言是艳阳高照金光党色的

蓝衫军的谎言是晴天霹雳暗蓝色的

捅派的谎言是一刀见血色的

毒派的谎言是硫酸加砒霜色的

道学派的谎言是正经伪作假星星色的

经学派的谎言是卫生棉月色的

乐天派的谎言是蔚蓝色的

柠檬派的谎言是乳黄色的

红绿灯的谎言是黄色的

红灯区的谎言是情色的

斑马的谎言是杂色的

你 / 他妈的谎言是辨不出颜色的

二〇一三

营养学

珍珠绿茶

我们已到了半糖去冰的
年岁，内心的秋凉和
先前囤积，赏味期限
犹未过的苦涩，让炎夏的
这杯冷饮够甜够冰
那些因为我们怕胖
不敢多吃的粉圆
一颗颗通过吸管向
我们的舌齿上诉：
它们真的粉圆粉Q

芝麻汤圆

汤是热热的白开水
每一颗白白的汤圆
是一颗小星球，像我们
生活的地球，像我们：
里面是粒粒黑沙似的芝麻
黑与白，日与夜，阖与开
而一沙一世界。我们要

怎么煮我们，吃我们

吃这个阴阳相成的小宇宙

你说：吃掉汤圆，芝麻开门

二〇一三

沙发学

最柔软的沙发
大概是梦，一头或
一屁股栽进
沉得又深又远
但哪一根弹簧如果
闹憋扭，立刻
就把你弹回现实

这是不平均律的沙发。
那些原装进口的 sofa
（英国货、法国货、德国货
荷兰货、西班牙货……）
脾气，修养应该好些
依其本名所示，大多是
比较平衡的收发、肉发，而非
有掺杂沙粒之嫌的沙发：
收你一万块欧元，发给你
万无一失的小憩保证书
收你两个圆屁股，发给你
便秘痔疮久坐免惊贴纸

我们曾经坐过更原始的
沙发，东海岸太平洋边
发光的沙滩上。
赤裸的身体翻转于一张
滚不尽臀印的长长的细沙发
海水流沙，而我们的
岁月流金

二〇一三

力学

虽然是夜间学园
他们还是让我们这些
补修物理学概论的高年级
学童，在休息时间
到教室外思考力学实验
将近三十年，我像一颗球
朝你的天空飞去
为什么从未坠入、消失于
你身后虚无的太虚，即使
我是顽固的虚无主义者
秋千下，我感谢你允许
我的浪荡，一次次把你从
失望的地平线荡向
短暂的高潮。一牛顿的
渴望，和一牛顿的忧伤
击向你，何者较重或痛？
我依然是一个在课堂上
不太专心的学习者
我们从跷跷板上站起来
我看到一端摆着我

上课时想到的几个暗喻
另一端，则是满天星斗

二〇一三

匹夫

匹夫是阿匹的丈夫
以批发布匹为业，出钱的是
老婆阿匹，所以匹夫叫匹夫
匹夫可以做什么？
他可以偶尔跟其他人的
丈夫们喝酒，跟邻居们
打麻将。按时，按节
跟着太太到庙里拜拜
一两年一次跟大家一起
参加进香团环岛旅行
三不五时偷剪一块布料
送给信用合作社三号窗口
常说他很有男人味的
李小姐。最主要因为
他觉得她比阿匹有女人味
匹夫还可以在儿子上学时
打开儿子的电脑偷看儿子
下载的那些影片，想着
有机会也要来个三匹
四匹，不然试试马匹

或羊屁屁也好。但匹夫
总是匹夫，只有酒后的
匹夫之勇，打过一次老婆
但被阿匹逐出卧房两礼拜
好像是出家修行剃光头的
饿狼。并且因为吃斋念佛
太多天，变成一匹色狼
匹夫只好乖乖当匹夫
起码阿匹的皮肤，在夜里
摸起来比自己的皮要优

二〇一三

匹妇

匹妇（也就是匹姓妇人）
因为和对街泼妇（泼姓
妇人）相骂，互扯头发
内衣，彼此指控对方伤害
而来本局。匹妇说泼妇
笑她说她的名牌包是
山寨货，就像她是人家的
小三，小山寨夫人——
泼妇说匹妇以前也笑她说
她的名牌大衣是二手货
就像她是人家的二奶
胸前挂着两个假奶奶
匹妇说泼妇有时还会跟
别的男人调情，泼妇说
匹妇常常找机会讨客兄
匹妇说泼妇才是常常
接客的好客之妇，泼妇说
不然我们去帝君庙城隍庙
妈祖庙王母娘娘庙发誓……
她们匹匹泼泼吵个不停

即使她们打电话叫的跟她们

逗阵的男人都来到了警局

二〇一三

注：逗阵，台语，有“在一起”“同居”之意。

善男

善男是好男人。或者
（在英文里）好人
上善若水。好男人在你
冷时，应该是一碗
热姜汤或烧鸡酒
在热时，蜂蜜水或
甘蔗汁。在你想念时
一碗即时宅配，冷热
任选的红豆汤。在你
不爽时，一盆让你泼辣地
泼出门外，不必回收的
覆水。如果你喜欢
可以成为溪水，海水
承载质朴光滑如独木舟的
你的身体。或者大胆
变身为冒着硫磺味的女汤
让你泡一整夜温泉

二〇一三

信女

信女是邮差吗？让渴慕的
（男）人，不时等候她的出现
或者立在街头如邮筒
盼望她按时前来拉开他的肚
收集他的心意。最好她把她自己
拎成一件包裹，打电话叫他赶快
出来领取，并在她的袖口签名或
盖章，然后低声对他说不要立即
在门外将她打开，她会害羞

或者信女是守信或可信的女子？
大概没有人在日剧韩剧国台语
连续剧东洋西洋古装时装片里
看过有哪一个美女是守信之女
（信不信由你，美女！）
但我相信还是有可信的新古典派
女子，那首五言诗说早知潮有信
嫁与弄潮儿。连潮水都有月信
况乎古今少女，轻熟女，熟女？

信不信由女。只要她说信
你就赶快收好她的挂号信！

二〇一三

一人

伊人。

依人。

宜人。

怡人。

旖人。

异人。

齮人。

臆人。

疑人。

移人。

易人。

佚人。

忆人。

亿人。

噫——人。

二〇一三

香客

你没有依约到来
只派遣一阵风，在黄昏
把似乎是你润发精的
气味吹来。我分辨不出
是什么品牌。或者根本
不是润发精，而是你的
香水味，从颈部，腋下
脐上，或胸间……
天逐渐黑了。我立在
教堂墙壁清水板面前
多希望自己是某个秘密
教派的信徒，而你是
圣者，藉暗香传教

二〇一三

辑二——十二朝

夏朝

又下雨了，并且是大雨
连绵十数日，水深及肩
我们的床变成浮在水上的
木舟。排水沟因官商勾结
淤塞。父啊，这次该用
疏通法还是围堵法？

连载沈载浮的床为流动的
舞台吧，随水波的线条
朝夕荡之，手舞足蹈
成为起伏有致的潮汐

即兴而下的雨是
天降的音符，串联成
人间未闻的打击乐
我们击木摇铃，一歌
再歌三歌……九歌

床与床跌宕互动，我们
异舟同舞，依附一条

口若悬河的水舌，一辩
再辩三辩……九辩

水是我们文化的起源。他们
将说：夏禹治水，给
华夏之人立足之地
而下雨，天，开启了
我们九歌、九辩的祭典
给我们舞乐，给我们美

二〇一三

商朝

我们是商人
关心生意，关心
生之快意

我们饮酒，用青铜的
酒器。日饮夜饮
不知酒杯如沙漏
不知后世的你们验出
酸性的米酒倒进青铜器里
会溶出铅来

我们不识酒精中毒
不识铅中毒
男子（后世的你们统计）
寿不过三十五
女子不过三十

我们与天地鼎足为三
举重若轻，把自己
把整个朝代放下如一只鼎

等考古学家，拍卖公司

诗人揭开其中商机

二〇一一

周朝

你的圆周至今无远弗届
你的圆心是宁静，无邪的
台风眼，以西，以东，以
春秋战国为半径，爆开百家
争鸣，穿越时空的知识的
暴风圈。Confucius says 就是
子曰，有朋自远方来访不可道
不可名的自由大道，不亦乐乎
学无用、无为而时习逍遥之
以游无穷，不亦悦乎？自行
束修（也就是带着十条肉干）
以上（来留学的），吾朝未尝
无诲焉——无论是政治学或
营养学。治大国若烹小鲜，烹
小鱼可以用治大国的方式
混以前面所收的腐儒之肉
荀子的笋子，加上墨家的
墨鱼汁，名家油腔滑嘴的口味
以纵横家纵横交替之锅铲法
料理之，美味其周全矣。你的

子民日出而作，在圆周上半的
“田”中耕耘。你的子民日入
而息，用圆周下半的“口”
随兴歌唱：郑风、卫风、幽风
周南……诗三百中最好的诗歌
道是虚的还是实的？天是圆的
还是扁的？他们周而复始问
这些问题。你以周而复始
不断被世界翻新的一波波
思潮，圆满地回答他们

二〇一三

秦朝

还没到清朝（是秦哪！）——很接近
CHINA：以你的朝代为名，有一朝会从
大写的中国，转成青铜器、铁器之外
小写的瓷器。何其易碎之物。始皇帝
中国第一个皇帝，求仙求长命药的你
寿仅五十，你的帝国不过十五载，宽不及
传说中你的阿房宫，遑论与已然成形的
万里长城相比。焚书，坑儒，唯留医药
卜筮种树之书，鼓励大家学医、算命赚钱
提倡绿色环保概念。你率领你的兵马俑
转入地下与时间作战，在你的陵墓内酝酿
大规模的宁静革命，以严明的军纪森然的
秩序，等待两千年后破土而出，再惊天下

二〇一三

汉朝

那时我们刚从厮杀完毕的棋战
归来。敌军我军，败将胜将
每一个勇往直前的兵卒都是汉子
大风起兮，把棋盘上的汉界
吹拓得更宽，更鲜明。“汉”
是我们向宇宙注册的品牌，商标
这地上居住的人们：汉人；过往
未来使用的文字：汉字；我们的
产品：汉文化。那些仿冒、剽窃者
时间法庭判之为“汉化”。我们的
大汉雄风被他们误为大汉沙文主义
我们当然是天下，世界的中心
轻狂疏放是众许的时尚，虽然我们
也重品管，信誉：敢狂有气的轻侠
从街上跃到书上的游侠，滑稽列传
我们有轻便的进出口管道，人与天
轻松地交通，道儒佛是同样营养的
奶品，但没听过什么女性主义
妻子可以主动提离婚，寡妇可以
轻松再嫁。我们甚至照样称她们

偷的人为汉子。为了轻且薄
我们发明纸。转严肃的棋盘为
棋盘纸，转沉重的二十四史
第一史，为你们轻轻触阅的电子书

二〇一二

魏晋南北朝

清谈。闲坐。随意玩手机
上网。四通八连，混乱
堆叠的脸书里，只记得
你的脸。倒立观天，以
形下学为形上学。秉烛
夜滴油，在男／女同志
身上。月明心虚，虚心
以待寂寞随稀星稀释。
游山。玩水。游手。不好
钱。为赌而赌。为乱世而
不伦。A V 女：优。三明
（主义）：不治。明天
不如今宵，明白不如装傻
明星梦不如暗爽。知音。
不用耳机。作乐。无弦琴。
两党政治。什么东西。

二〇一三

唐朝

我们走在唐人街。在韩剧日剧里
片断温习散失的大唐文化，礼乐
电子报上读到他们选出第一位女总统
乍然想起我们独一无二的女皇帝武女士
日文杂志里平假名如岸边细草被微风
吹动，逆流而上把我们带回草圣
连绵如腹泻的肚痛帖。长安不见，使人
长不安。留学生，学问僧，传教士
商人，使者。壮盛的唐像饱满的蚕
缓缓吐丝，穿过丝路把丝绸，瓷器
铁器，银器，金器，铜镜，造纸术
印刷术吐向西域，吸回来葡萄，核桃
胡萝卜，胡椒，胡豆，胡乐，胡服
以及信仰伊斯兰教的黑衣大食的
伦理学，语法学，天文学，算学
航海术……虽然他们的教主说过：
“学问虽远在中国，亦当求之”
我们在棋盘状的京城竖立不同宗教的
寺庙，礼拜堂，碑塔，以这些色彩
造型各异的棋子，进行万国棋赛

长安一片月，万富数钱声。公孙大娘
在宫廷，在街坊舞剑器，健舞妙姿
胡旋女在棋盘上击鼓急旋，纵横万转
如回雪飘飖。公开竞技的百戏，杂技
跳丸、吐火、吞刀、筋斗、踢毬……
虚实秘连的传奇：游仙窟，南柯梦
黄粱梦，西厢云雨，倩魂小玉……
我们走在岛上北城长安东、西路的
交会口，向北是通向小巨蛋体育馆
当代艺术馆市立美术馆酒泉街
敦煌路垃圾焚化场淡水河的捷运线
向南是通向火车站市议会花旗银行
总督府职业围棋协会历史博物馆的
市民大道凯达格兰大道。闻道长安
似奕棋。春寒入浴北投硫磺泉
夜店美眉劝我们进酒，君莫停……

二〇一三

宋朝

感谢给我们瘦金体，让我们在货币贬值荷包变
瘦时，对着流金的字迹，欣然削薄物质的欲望

感谢给我们前后赤壁赋，让我们在红极一时的赤壁
被土石流冲垮后，仍能清楚看到它前方后方的风景

感谢给我们清明上河图，让我们不必放映机电视
机，就可以观赏以我等百姓为主角的热闹连续剧

感谢给我们岳飞和秦桧，让我们从小就知道
什么是好人，什么是坏人，什么是民族英雄
什么是奸臣，并且崇拜手部背部刺字的老大

感谢给我们溪山行旅图，万壑松风图，让我们
知道天下很大，旅行社推出的行程很多，所费
不赀，而一张复制的画照样可以带我们到远方

感谢给我们暗香浮动，疏影横斜的黄昏，让我们
置身小红低唱我吹箫的，美艳，酒家那卡西氛围

感谢给我们一绑千年的缠足，让三寸金莲四寸银莲
丰富我们情趣银行，无息互贷固态液态变态的快感

感谢给我们声声（傲）慢的寻寻觅觅冷冷清清凄凄
惨惨戚戚，让我们乍悟，破格的女／诗人才真正正

二〇一三

元朝

大口大口吃肉
大口大口喝奶，喝酒
大雪初融的草原上，快马
奔驰，向西，向南，向东
跨过洲际线，跨过长城
把一滴一滴巨大的热汗
滴在世界地图，滴在第一次
由永恒的火焰熏炙出的体液
黏合起来的中国地图：
成吉思汗，窝阔台汗，忽必烈汗……
没有错，像口出粗话的恶少的
体臭，侵入你们典雅秀丽的
诗文的闺房，俚俗它，非礼它
在勾栏瓦舍混生出元气淋漓的
生之杂剧：汗味与香气的交媾

二〇一三

注：蒙古一词，在蒙古语里意为“永恒的火焰”。

明朝

一根竹子是竹子
一根竹子，在明朝，如果株连
整个林子的竹子被砍
竹子还是竹子，并且不只是
竹子。被砍下的竹身可以作成家具
乐器，化做悠远的笛声箫声
竹青是去火清凉的药材
竹笋是众口称好的美食
竹节还可以超越唯物论，和文人
画里的竹一样，激发君子气节

一只手机是手机
一只智慧型手机，如果在明朝
是手机，也不只是手机
它是理学，智力，科技，工艺的
体现。是千里传书的驿站
是浏览《金瓶梅》的图书馆
观赏《牡丹亭》《紫钗记》的剧院
它可以网购景德镇的青花瓷
预约或拍卖宣德年间的铜炉

团购潮装，名酒，新茶，紫砂壶

明朝是日月下的一朝
它的皇帝登基，下台，或因死
或被掳，一如其他朝代。它也是
日与月交会的一朝，它最后的
保皇党们连夜组成流亡政府，在
下一个早晨——也就是明朝
散发弄扁舟，移向海外。而它的
百姓们，仍在原来的土地上
等待迎接新的明朝

二〇一三

清朝

把成攻变失败
把企图复明者彻底变失明
叫人不得不满意、不
悬挂的旗花异草

在岛上留下大大小小的
延平郡王庙，让你在庙前
榕树下喝青草茶，并且在
回家后看一出出格格响
娘娘腔的宫闱连续剧

在教科书上用一条条
辫子般晃来晃去的
不平等条约，让学子们头晕
眼花——东倒西歪，振翅
乏力的一只腐败的蜻蜓

直到被倾巢而出的革命者的
枪声吓毙，被飘洋过海，移花
接木的反革命者把搬过来的故宫

绸缎剪成旗袍，招摇过新铺的
中山路、中正路两旁的行道树

然后一清早，我们听到南腔
北调，如梦似幻，众口齐发的
中华民族万岁

二〇一三

新唐朝

唐朝的米是糖。二十四史里
没有这么说，但沉浸在一天
二十四小时热恋甜蜜的情侣们
都同意：我们每日的米食是糖
我们在遣糖使日日来朝的新唐

我们用糖的语言书写我们每日的小历史
（虽然不免夹杂渴望、等候、猜疑之盐粒）
并且用近体的五言嚼句、七言嚼句
反复咀嚼它们
我说：君之声如蜜黏我
你说：剥我如剥糖
我说：吃君令齿老
你说：我要你永远嗜糖

嗜糖的意思就是悉数、尽情地
把糖吃光，不要有剩糖
因为欲望的糖罐要随时清空
才装得下不断更新的爱的盛唐
它的虚成就了它的实

我们在新唐朝吃糖

想念糖诗三百首的糖朝

二〇一一

辑三　十二圣

草圣

你的毛笔不是笔，而是剪刀
在你的头发如杂草丛生时
一边豪饮，一边对镜挥毫
快剪，让乱七八糟的毛发
纷纷落下如狂草

三千烦恼丝，有些东倒
西歪，在纸上集合成
《悲清秋赋》。有些先烫
后剪，团团卷落，在五色
笺上散为《古诗四帖》

但你恰恰不是美发师
以怪为丽，左驰右骛
在细草粗草微风狂风
掠过的额岸，醉颠出
变幻莫测的副产品

诗圣杜甫赞你是落笔
如云烟的酒中仙，而你

自知你何以能这么神：笔法
即刀法，你的女神是
善舞剑器的舞圣公孙大娘

不知是饮酒过度或天气转凉
毛发渐稀，你昨夜忽冷
忽热，肚痛不可堪，直到
你服了大黄汤，并且急泻了
几行痛快的《肚痛帖》

二〇一三

俳圣

你说：“即使在京都，听见杜鹃
啼叫，我想念京都”。我们说：
“即使在花莲，看到浪的翻叠
我们想念花莲”。我凉鞋走四季
而你，一年又过——手拿斗笠
脚着草鞋。你说：“啊春来了
大哉春，大哉大哉春”，我们
于是知道人生很窄，春天很短
寒冬一旦过了，就要尽情地
张大、张大春。明明一片寂静
何以你能听到蝉声渗入岩石？
又为何在麦饭和恋爱间，母猫
瘦了？你说：“海暗了，鸥鸟的
叫声微白”。我看着家乡七星潭
的海，逐渐暗去，而异乡逆旅
梦中犹有七星发光。你说：“
一田的棉花，仿佛月亮开了花”
我说：“一池的月光，仿佛
一群银鱼，竞抖身上的鳞片”
牡丹花深处／一只蜜蜂歪歪倒／

倒爬出来哉。啊乐不可支，你在
为充满情趣的世界，拍十七秒
十七音节的广告短片吗？松下问
青蛙，风的尾巴溜到哪里去了：
它扑通一声，跃进古池，水面上
芭蕉叶，芭蕉的言叶，轻轻摇晃

二〇一三

注：此诗出现的几首俳圣松尾芭蕉的俳句皆为拙译。俳句为十七音节的日本传统诗型。言叶，日语“言语”之意。

乐圣

你来不及听到西洋古典乐派音乐
不知道谁是乐圣贝多芬
你妈妈从小也没让你学琴，不像你的
朋友阮咸，精通音律，发明了阮琴
或者嵇康，善古琴，深谙音乐学，写了
《琴赋》《声无哀乐论》等论文
但你依然优游肆志，以酒瓶、以宇宙
为乐器，纵酒放达，乐在其中，真
“乐圣”也。怎能不快乐？你们在
竹林中与风清谈，到溪里裸泳，办
天体营，搞 7P。同志们，彼等非
我们，安知吾人之乐？他们玩小乐器
你玩大乐器。你乘鹿车出游，携
一壶酒，请人荷锄跟在后面，说：
“死了便葬我！”连身体都不要了
身上的衣物何须牵挂。你裸露屋中
自娱，说天地是大演奏厅，你的
屋子是包厢是你的内裤：“观众们，
到我的内裤里同乐吧！”你说
日月是我们的门窗，万年只是片刻

乐圣啊，我们不必学《快乐颂》

教我们快乐，快快行乐吧

二〇一三

厨圣

你享有特权，在耳聪目明
未及耳顺之年就被我称为圣
因为你在我家厨房打杂兼差
三十余年，在为人师为人妻
为人母之外。你精通应用数学
擅长把厨余剩菜，加上冰箱里
保存的前朝或前周古物，重新
排列组合成下一餐未必佳的
家肴，真是崇尚环保，爱用
厨剩的厨圣。你爱放、爱吃
辣椒（而我怕吃），遂让你
一裆肚大，美味独吞，或者因
我不敢多夹菜，造成残局残垒
隔餐继续苦战的局面。你家学
渊远，把令尊令祖私房的
卤牛肉、面疙瘩进口到花莲
让我们一家三口，闻味即滴水
餍足之后，全身幸福满胀得
起疙瘩。知我不喜也懒吃水果
你囤积了各式果菜机，独出

配方，把于我是种种苦难的
果实聚合榨成其味难辨，妙
不可言的流汁。你也许觉得
“厨圣”这称号不顺耳，我
可以改呼你为“圣阿芬龄”
圣哉，因你让吾人令齿（也
就是美齿）留芬香，并且每日
唠叨如悬在厨房窗口的，啊
风铃，叮叮当当，响彻天下

二〇一三

万圣

他是爱赌的万氏夫妇的独子。姓万
名万，洗牌声中哇哇落地于桌脚
他识字不多，但很早：中、发、白外
最熟悉的当然是随一到九出现的万字
他从小爱赌，听牌只听万子，摸万
即安，即爽。万好。万无一失
他不读诗，但最爱宋朝的王安石
因为他《石榴》诗中的妙句：
万绿丛中一点红——啊，七字里
有三字是他情同手足的老友！
他喜欢安得广厦千万间、万紫千红
妖弄色、万顷琉璃到底清……这些
雄浑之句，虽然不知道作者是谁
最想去在位近半世纪的明神宗
万历年间，啊每家挂的都是
万年历，每一年都是万年
最怀念人民万岁、领袖万岁万万岁
这些口号。伟大领袖夭折时他对着
黑白电视，计时哭了一百六十六
又三分之二分钟（也就是一万秒）

万万不可，万万舍不得啊，领袖！
人们称他为万圣（而非赌圣，因为
他虽然每胜必万，但未必每赌皆胜）
可惜阳历、农历三百六十五天里
没有一天是他的纪念日。他更想活在
西方，起码他们为他设了一个万圣节

二〇一三

无圣

无法无天无依无赖无鬼无神无政府无制服
南无观世音菩萨，北无基督或阿拉
东无天皇女皇玉皇大帝，西无总统总理总司令
目中无人，口无遮拦，无中生有，无可不可
无病呻吟，无理取闹，无头无尾，无边无碍
无（狂）妄之灾，无（有）价之宝
无（不滑）稽之谈，无条件投 / 降：
南投看雾峰，北投温习泉
空降游仙窟，连降万国旗
无米仍炊黄粱梦，无风自起浪漫曲
无花果洞孙悟空，无心栽柳柳下惠
万兽无疆，群树无党籍，众霞无主，千蝶无记名
无毒，不丈夫；无根，自由行
无大无小，无先无后，无头无脑，无礼无耻
无孔，不入孟；不学，无害术
绝圣弃智——没错，无圣可留

二〇一三

注：南投、雾峰、北投，皆台湾地名。

圣约翰洗者

我曾在以你的名为名的科技大学
当了一年驻校文学家，向那些非
文艺青年的理工科学生谈诗说乐
在教室里走来走去，横飞的口沫
不时溅向此起彼落点头打瞌睡的
男女生，以微薄的湿意为这些
小耶稣们施洗，像旷野中孤独
呐喊，引领群众上道的你
希律王情妇的女儿莎乐美，在
你面前跳一层层褪落的七纱舞
换取你的断头，滚落在她的银盘
课堂上比手画脚的我，演出的是
一场七杀舞，杀杀杀杀杀杀杀：
那些太入戏而失神，闭目摇晃的
年轻的头一个个应声落在座位上

二〇一三

圣安东尼向鱼说教

透过马勒十九世纪末谱写的
《少年魔号》歌曲集听到你
向鱼说教的故事：从家乡里斯本
来到意大利的方济会小兄弟
安东尼。26 岁的你在三千修士
齐聚的阿西吉“草席大会”
见到了 39 岁的圣方济。你们
席地而睡，着粗布衣，赤脚
以贫，以传道、助人为乐。你
应该听过他向鸟说教的妙事
（或许你们可以用各自能通的
鸟鱼之语对话）。他请你启蒙
后学。你且主动向异教者宣道
教堂内你声音宏亮，教堂外
他们充耳不闻。你走到河口
渔船上的渔人视你为无物，你
对着出海的水流讲话，滔滔
不绝，正如水流。忽然间跃出
一条梭子鱼，悠哉地穿梭水面
它一边洗耳，一边竖起身子恭听

如一具被热情的火箭推动，准备
升天的太空梭。洄游返乡的鲑鱼
也来了，还有怀着鱼卵的鲤鱼
滑头油面的鳗鱼，举止优雅的
鳟鱼。它们兴奋地围绕着你
仿佛光天化日下等候夜市的
叫卖，以及随后的抽奖。横行的
螃蟹，龟速前行的乌龟，也从
海上缓缓来到。你微笑地对它们
说：“我不卖东西，只送你们
礼物，那每日给你们三餐宵夜，
让你们享受与河水、海水之欢的
天主，要我转赠你们的圣言。
祂给大自然一间巨大的更衣室
让汝等众鱼挑选一件各自喜欢且
全然合身的泳衣兼礼服。你们
当用最曼妙的舞姿，最愉快的
心情，赞美主！”鱼儿们听了
张大眼睛，开口称好，争相摇晃
身上的鳞片，鳞声如铃声雷动
海啸般一波波传到海上，那些
已出海的渔船纷纷转头回航
渔人们敲着船板，用每一根手指

按“赞”，渔船上刚被他们
活鲜鲜切出来的一片片鲔鱼
旗鱼生鱼片，也拼命连体复合
如获重生地跳入水中，共赴盛会

二〇一三

注：圣安东尼，亦称“帕瓦多的圣安东尼”（San Antonio de Padua，1195—1231），出生于葡萄牙，逝世于意大利帕多瓦的“方济会”修士。

圣方济向鸟说教

方会长，方济会的创始者，阿西吉的
圣方济兄弟：十三世纪你家乡意大利的
荒野是什么样的荒野？那形形色色的
飞鸟穿怎么样不同的衣服，唱什么样
不同的歌，让你情不自禁为它们准备了
一堂美丽的课，一次开风气之先，愉悦
专注又自由自在的户外教学？它们
当你的听众，你以荒野众鸟为师，让
你在二十一世纪同时成为荒野协会
赏鸟协会，和环保联盟的名誉会长
那一天阳光灿烂，你走在阿西吉郊外
山路上，行过小桥，来到一棵绿色
大橡树下，在岩石上小坐休息，俯看
眼前深谷。你听到后面橡树林中传来
一只知更鸟快速甜美的歌唱，仿佛
一条流动着许多稀世珍珠的轻快小溪：
戴着漂亮黑色便帽、胸部橘红色的
我们的鸟兄弟。你真希望你头上戴的
不是修士的头巾，而是跟它一样的黑帽
一只鷦鷯跟着大声鸣唱，急旋，仿佛被

天空的透明嫩枝弹来弹去，真滑稽的
小红鸟！班鸠姊妹也咕咕地低哼，然后
你听到我们黑顶莺姊妹反复多彩的吟唱
啊我知道了，花腔女高音就是这么来的

它引来了更多鸟的歌唱，你甚至听到
你在梦中听见的黄鸲鹟长笛般澄亮的
鸣啭，歌声耀动如夕暮中宝石之光的
吮蜜鸟，以断音咏唱的我们的噪刺莺
姊妹……它们的歌声汇聚成一座飘满
各色惊叹号、逗号、分号、句号、冒号
单引号、双引号、删节号的声音之岛
悬浮于碧蓝的天空之海，宇宙的唱诗班
宏伟至美的赞歌。赞美什么？赞美
造物者赋予它们喜悦与自由，用色彩
与旋律，和天地，和祂说话，而祂
和天地也回我们以色彩与旋律……

你忽然从岩石上跃起，走到橡树影
游动的路中央，展腰，抬头，像一个
耳目心灵刚刚接受美宴招待的客人
敬立着准备发表谢辞。你望向两旁
橡树间歌唱的鸟儿们，它们都静默下来

骄傲又谦逊地摆好受奖、听讲的姿势
“亲爱的鸟兄弟姊妹们。”你开始说了
“感谢你们用天使的语言，无言的音乐
协助我印证祂透露给我们的真理。祂
给你们灵活飞翔的翅翼，给你们天空
大气，云彩，风，日月兄弟，星辰
姊妹，做你们的向导和交通标志。祂
给你们色彩缤纷，造型各异的双层
三层羽毛衣，虽然你们不知道如何
缝纫或编织。祂给你们高树，绿草
青苔为巢，给你们溪水和泉水止渴
安排好你们喜欢的食物，你们不用
耕种收割，也无须刷卡或付现。祂爱
我们，教我们感受这世界的美与喜悦
领受神游的逍遥……啊，你们继续歌赞
祂吧，以各色各样的音彩，以一张张
不同图案、不同邮戳，飞向四方的
鸟类邮票，以万物、虚实、真幻间
无远弗届，即时通、超连结的爱……”

二〇一三

注：圣方济，又称“阿西吉的圣方济”（San Francesco d'Assisi，1182—1226），天主教“方济会”的创始者，出生于意大利阿西吉。

圣道德月经

在网络上知名的《维乩百科》搜寻时，读到
她的故事："圣道德月经"，姓道德（复姓）
名月经，是中国历史上少有的女圣者之一
父名道德经，育有一女、三男——即其兄
日经，两位弟弟星经、辰经。世人经常将
她与圣女贞德（法国十五世纪女军事家、
天主教圣者、民族英雄）并举。道德月经
幼时并不聪明，也不爱读书、不爱做家事
（甚至有点不道德）。十五岁月经初潮时
突获启示，顿然开窍，变得聪明、积极起来
全身上下满口（复数）仁义道德，奔走乡里
热心倡导激进的博爱与革命观念。奇怪的是
每每月经过后，她又变得懒起来、笨起来
直到下次来潮方重现激情，周而复始，期期
如是。与为了信仰，在如巨弹般爆裂的熊熊
坚固火柱上被火火烧死，因而一炮而红的
固体派、气体派圣女贞德相较，因月经来潮
一泡而红的圣道德月经，被归为液体派圣者
"红"或"血"是其标志及最重要关键字
其精神、信念在后世引发无数相关事件或

反应、反反应：最显著者譬如彻底反红的“黄巾之乱”，“黑旗军组织”，“绿色革命”……；积极挺红的“红十字军西征”“红十字会运动”，红光闪耀的“三面红旗运动”、英雄出（男女）少年惊天动地的“红卫兵运动”以及二十世纪俄国“血腥星期日”，十六世纪至二十一世纪的多名女贵族、鸡尾酒、手机游戏“血腥玛丽”（以上见相关连结）。另外，“道德月经”也是圣道德月经信仰者及粉丝成立的“道德月经规则重整会”的机关杂志名，每月一期定期规则发行，百千年来未曾中断，虽其间经历数次重要的版面或编辑方针更动（详阅电子书《道德月经杂志的五大更年期》）

二〇一三

圣慈天宫

花莲的妈祖庙名叫慈天宫。我何以知道？
因为从小它就在花莲市上海街我家门前
为了感谢它多年来对吾（人）的启发：
我封它为“圣”。我第一本诗集《庙前》
出版时，我的外国神父／老师问我其意
我说：在庙的前面。他说：那是 profane 呢！
profane 一字，老师告诉我们，是拉丁字根
“庙”与“前”的组合，英汉字典对它的
解释是：非神圣的，世俗的；渎亵的，不敬
的；异教的，邪教的。相对于“圣”慈天宫
我是世俗的，与庙对立的。做为神在地上的
代理店，它的神圣很快就教我成为无神论者
我受日本教育的母亲常说我“头脑左旋”
日文叛逆、长反骨之意。我的小学同学昵称
我 Monkey（我听成 Money，很高兴，以为
可以像香火鼎盛的庙一样不断纳入香油钱）
他们大概觉得我过动、搞怪，像七十二变的
孙猴子。齐天大圣拿着金箍棒大闹天宫，而
我的天宫，我的慈天宫就在眼前，它庸俗化
电子化的念经诵唱声每每激怒我跟他们大吵

大闹。但闹中亦有可取静处，中学时我常常
跑到庙顶上读书，脚踏琉璃青瓦，感觉整座
庙是被我左右脚镇在底下的五趾或十趾山
跟进出庙中烧香拜拜，比我更世俗世故的
善男信女匹夫匹妇相比，我突然孤独、孤僻
孤傲得有点剩男 / 圣男之味。感谢天上圣母
慈晖，让涂地残剩的我得以分享圣的滋味

二〇一三

圣玛丽面包店

不是耶稣的妈妈开的，老板娘
也不信天主教或基督教
在我们社区，受欢迎的程度胜过
任何教堂或庙宇。佛教徒也不拒绝
进来。没错，是跟庙宇有关。它管
我们（有神或无神论者）的五脏庙

它给我们面包，糕点，饮料，奶品
还有扑鼻、温暖的面包香
它也是一个小学堂，寓教于口舌
之乐，教我们一些实用的外国话
提拉米苏，Tiramisù，意大利语
拉我起来、带我走之意。拿铁
Latte，是牛奶，加了牛奶的咖啡
——原来与打铁店无关！

谁说要去美语班学英文？
我们吃美味的吐司 / Toast，布丁 /
Pudding，贝果 / Bagel，烤布蕾 /
Crème Brûlée，起酥三明治 / Cheese

Sandwich，吞下去后才知道
英文的布丁就是法文的布蕾

圣玛丽面包店是一家连锁店
它连结了我们不同阶段的记忆
小学远足前夕的采购，中学
放学后的期待，大学和她一起
逃课，同吃的拿破仑蛋糕……
圣玛丽面包店就在街角
在我们嗅觉，味觉转弯的地方

二〇一三

辑四——四方

东方

有人在刚出生的我耳边说“东”，我的耳膜弹出亮亮的一声“咚”。东，东，咚，咚，反复陈述的鼓声。我站在东海岸看海平线上初升的黎明的光点，东，东，咚，咚，愈鸣愈响、愈亮、愈大的七彩鼓。东方之东，生之鼓乐队缤纷有力的进行曲。东东，咚咚。向东，向生，向老死新生的原点行进。每一个东方，对于在其西者都是东方。对于向东者，每一个西方也都是东方。异国色彩，东方主义。一次又一次向东朝圣，劫掠异教的十字军东征。梵高向东寻仿歌川广重的浮世绘《骤雨中的箸桥》，我们向东／向西复制梵高的《雨中的桥》。我看着东台湾海上，向东探险，顺黑潮航行的葡萄牙，西班牙船队。我在不断发出咚咚声的我的名字，我的家乡旅行。东方之东，不动而动。

二〇一三

西方

西方有一座游乐园。那里的服务生和槟榔西施都穿着由两片叶子裁成的西服，随季节而变化颜色。到达那里之前要经过火焰山、盘丝洞、猪栏、猴圈、铁扇风车、伊斯懒觉床、黑衣大屎国、亚历山大地雷、君士躺钉堡……以及一条长十公里，一次仅容一人通过的马可波罗钢索。及时寻乐的异乡客不绝于途。你看到古道西风瘦马，夕阳西下，因干粮不足而饿倒的断肠人在天涯，在半西方、半东方的天空下。到目前为止，只有一人成功抵达那里。他的职业是魔术师。他把自己变做一只猴子，一路嬉游胡闹。他带回一本图文并茂的《极乐西方游乐园》，中有一七宝池，池底满布金沙，池中浮大如轮盘之莲花，上盛西王母仙桃、西瓜甜李下水汤、西施舌、西北航空喷色鸡、西敏寺素食、西点军校营养午餐、西米露……一切西世珍肴尽在其中。吃得太饱的他，把自己从猴子变成一个大塑料袋，把剩余的食物打包回来。

二〇一三

南方

南方是热带。雨林，珊瑚礁，香料群岛。礼服与道德逐件脱下。光，是我们仅有的内衣。我们从操第二夯、次热门口音的亚热带，越过回归线，回到原始的、戴冠冕的南岛语言。花与海的语言，金沙、银沙沙沙作响的语言，星星像花露水点点滴滴垂涎诱人的语言，独木舟的语言，河马、孔雀鱼、椰子蟹的语言，咖啡、棕榈树、萝芙木的语言。从高更油画刮下来的色彩与热力。百香果，火龙果，红毛丹。用丁字裤圈连起来的舄湖。被攀缘植物鞭打的嗅觉。被番刀砍成一半的月亮。被贸易风一路吹往赤道的热气球，热地球。南方。

二〇一三

北方

北方在我梦中草原竖立起一座空中捺钵。那年轻的契丹王，衔着一枝玫瑰，回转快马，徒手扯下了两名节度使的气节和器度，飞鸽传书，要长安城里的帝王把最小、最美的公主嫁给他。崇勇惜美的帝王不及三思即应许了他，要求以三百瓶其色莹白，其香浓郁的契丹玫瑰油为聘礼。契丹的使者们，兴奋地迎回了芬芳公主——他们的新王后——以及她的嫁妆。她的嫁妆就是她自己。她身上未曾滴任何玫瑰油，但一股莫名其状的芬芳随她来到契丹王的宫帐，仿佛来自天上，而非尘世。那香味不只是嗅觉的，还是视觉的，晕染过悬挂帐内的《秋林群鹿图》和《丹枫呦鹿图》，让两幅画和整个帐内氤氲着明亮斑斓的秋色。我不知道宫帐什么时候变成空中林园，只听到侍女们吹着觱篥、笛、笙，弹着琵琶、筝、箜篌，而契丹王居中吟唱，与新娘、群臣随音乐飞升，在我草原梦中。

二〇一三

注：捺钵，契丹语的译音，意为契丹主巡狩时的行营，行宫，行在所。

四方

四方是液体，他来自
东，零雨其蒙，而我
们在西窗怯怯地话着
木瓜山雨。是固体：
木瓜的银籽被风吹往
南，随意落土结实，
围成一个植有木瓜树
的小镇。是气体，因
北地的你的叹息……

二〇一三

八方

一方面爱他
一方面恨他
一方面偏他
一方面骗他

一方面气她
一方面骑她
一方面怒她
一方面恕她

二〇一三

十六方

夜犹未央
我安居于
各色药粒
筑的城堡

藉睡梦，
辟一小径
放风，潜
入星星巷

岁有四时
夜有四方
我辗转一
夜十六方

我知海蓝
我知山蓝
十六方中
另一种蓝

二〇一三

六十四方

我爱 我爱 我爱 我祈 我爱 早知 我爱 我爱
人人 我美 上帝 我祷 我国 如此 四方 世界

人人 我人 求神 我哭 没有 改当 全然 世界
矮我 不美 仙爱 我怨 结果 神父 无方 生疥

我爱 我爱 上帝 命运 我忧 我爱 辗转 结痂
美人 人爱 太 hi 依然 我佛 我岛 反侧 疮疮

美人 每每 不甩 欺我 我佛 我岛 照样 百露
哀我 有碍 地上 倒我 不优 不鸟 没辙 难堪

我述 我爱 我朝 我求 我爱 左通 我欲 八方
美眉 心开 我拜 造爱 我家 右渡 起乱 八方

美眉 我心 圣堂 神糗 结果 一捅 奇迹 六十
没 fu 每哀 寺庙 我求 不佳 一堵 不现 四方

我每 我矮 香灰 神人 不良 蓝天 我近 所谓
每 hi 我哀 灵药 哀我 人夫 绿地 众生 伊人

当我 人人 一概 梦中 不良 下痛 众生 在哪
想爱 不爱 没效 遗爱 人父 上吐 噤声 一方

二〇一三

海市

一大早，他们就去海平线上那座市场做生意，买卖股票、期货、奇货、水货……，下订单。邻近第十五号蜃楼，是一排可以俯视海景的海鲜店。开着低温宅配货柜车的司机，卸货后，会到转角的加油站替长途跋涉的车子加鱼油，并且和槟榔滩上穿着绝对清凉的美人鱼西施说笑。屡屡有人不爽，把购物车大力往下推，引发陆上的气象局发布海啸警报。我们通常去一家名叫“五十弦”的复合式茶铺饮早茶，嗑海瓜子，并买一些鲛绡和鲛人珠。所有的小费都必须以金币、银币或镍币投入，不接受纸钞，要不然到了晚上就看不到大大小小璀璨的星星……

二〇一三

空港

他们在打听等候出海关时，我们的行李箱并放的那个空中港口。有大财团偷偷买下了附近的一大片蓝色空地，准备盖空中楼阁，空中花园，空中大学暨附属宠物医院。记得上次去的时候，海关人员说下次可以直接搭高铁或银河铁道列车来，不必辛苦地爬天梯或坐速度慢如普通车的电梯。但我们的高铁有那么高吗？还不到一〇一大楼的胯下呢。而且银河列车不见得班班停靠我们这小星球上的每一个空港。空港，无负担地停泊了我们旅行的记忆，以及因违禁而被查扣的纪念品。

二〇一三

注：空港，日语“机场”（airport）之谓。

伪善馒头

——大小六颗，快递梓评

1

抱着独裁的冰
浸入爱人独眼
私蜜的温泉：
你、我的意志
使日常世界的
律法瞬间消失

2

微转音乐的奶油为
向导，往我紧闭的
钥匙孔移动，我的
房间潮声连动，众
鱼响跃。持续咀嚼
：不断喂活我的空

3

云朵漂浮过
城市的高塔
用豆腐的白

草书时间沈
默的祝铭：
透明、不坚
不固的蓝色
废铁上短促
美丽的波动

4

夜有夜神，眼
有眼神，行不
行趁夜色里凉
风的眼线软软
眨来，我们的
伤痛告别伤神

5

想象你身体的
半岛，在海里
升起像不夜的
床，害羞的雨
不耻而至，漂
浮起久违、久
藏的一半身体

6

夜的浓雾里
我是暴逃的
兽，称静静
对称的你为
湖，幸运穿
过萤的苔痕
前往湖的心

二〇一二

注：这一年我因手疾脚伤，鲜少上街。近日身心逐渐康复，外出逛书店，见诗人孙梓评新诗集《善递馒头》，颇觉有趣。虽暂不能使用电脑写作，仍从其诗中选字，在手机上键入、揉制成六颗“伪善馒头”，以 email 快递给原作者。所根据的诗依次是《使景迁》《甜蜜生活》《夜晚送给铁塔的礼物》《有缝》《想象就是侵犯》《暴力的幸运》。

真饿美食

1

真饿美食：因为他们
说饥饿是最好的酱油
最好的情趣用品：饿
与食，真与美，天秤
两端的砝码。餓我食
不真即不美：真饿啊

2

真恶美食：让你胖
让你的优雅破产。
超大国，超大块，
超大杯；我不喜欢
美（式）（饮）食

3

真恶美眉：真坏啊
恶美眉！我饿，你
不饿；我恶，你比
我更恶。你真可恶

4

真善美眉：你的眉毛是
真善美三达德的体现。
真善良啊，美眉，你慷
慨闭上眼睛让我胆怯的
目光，大胆攀爬你美丽
之眉，待你睁眼时故意
不慎跌入你深邃的瞳孔
成为一对明潭里的醉舟

5

真善美人：见鬼啦
敢有这款人？真人
善人、美人，得其
一，已不易。三位
一体——用膝盖想
敢有这种的活人？

二〇一三

提拉米苏

提拉米：拉我起来，带我走
不要管我先祖的秋凉话，说
什么月有阴晴圆缺，人有悲
欢离合。赶紧跟我合而为一
合为一块可口、可乐，甜而
不腻的提拉米苏。此事古难
全，但现代社会很容易做到
带着吃到饱的智慧型手机
（以及充电器），外加一张信
用卡，天涯就是无限惊讶，
全家就是我们家。拉我起来
刷我用我，激发我，连结我：
不要让我成为卡在地上的
卡夫卡卡。食色知感本一体
你爱美食，我好好色；你知
人善用，我感觉敏锐。你色
香，我味全（从牛奶优酪乳
到果汁饮料，各味食品一应
俱全）你我合并在一起就是
色香味齐全的“提拉米苏”

啊亲爱的提拉米，拉我起来

带我走。以你的名为名，入

口即融随时 stand by 的　苏

二〇一三

一块方形糕

一如千娇百媚之各方形体其妙感易难言耳
如**块**块美化转化人心求人网色中不困于目
千块**方**此幻觉现世人幽之细蓝空实之拙口
娇美此**形**容不出味道幽思丰之于意授吾人
百化幻容**糕**食其趣同乎情色秘发蜜函令悦
媚转觉不食**大**喜大看见有风神散下甜糕屑
之化现出其喜**方**飞出不复为一体天示此糕
各人世味趣大飞**翻**转如无形啊具现酥爽之
方心人道同看出转**为**物实一在在皆显其美
形求幽幽乎见不如物**视**神经隐现灵彩体味
体人之思情有复无实神**觉**乃理感性多通地
其网细丰色风为形一经乃**味**道美妙且丰满
妙色蓝之秘神一啊在隐理道**觉**得其缤纷如
感中空于发散体具在现感美得**多**重姿态多
易不实意蜜下天现皆灵性妙其重**重**娇妙声
难困之授函甜示酥显彩多且缤姿娇**之**飞鸟
言于拙吾令糕此爽其体通丰纷态妙飞**斜**下
耳目口人悦屑糕之美味地满如多声鸟下**塔**

二〇一三

注：我曾请我太太张芬龄念这首诗，她的念法是——（斜读）“一块方形糕，大方翻为视觉、味觉多重之斜塔”；（横读）“塔下鸟声，多如满地味美之糕屑，悦人口、目、耳。斜飞妙态纷丰，通体其爽。此糕令吾拙于言之娇姿，缤且多彩，显酥、示甜，函授之、困难重重。其妙性灵皆现天下，蜜意实不易多得。美感现在具体散发于空中，感觉道理隐在啊一神秘之蓝色妙味，乃经一形为风，色丰细网。其觉神实无复有情思之人体，视物如不见乎。幽幽求形。为转出，看同道人心，方翻飞大趣味。世人各方喜其出现，化之大食，不觉转媚。糕容幻化百形，此美娇方块，千块如一块”；（直读）“一如千娇百媚之各方形体，其妙，感易、难言耳。块块美化、转化人心，求人网色中、不困于目。方此幻觉现，世人幽之，细蓝空实之。拙口形容不出味道，幽思丰之于意授。吾人糕食，其趣同乎情色，秘发蜜函，令悦大、喜大。看见有风神散下甜糕屑，方飞出，不复为一体。天示此糕，翻转如无形，啊，具现酥爽之为物，实一。在在皆显其美。‘视神经’隐现灵彩、体味，觉乃理、感性，多通地。味道美妙且丰满，觉得其缤纷如多重姿态、多重娇妙声之飞鸟，斜下塔”。

辑五——五寰

五寰

鬼寰

“若有人兮山之阿，被薜荔兮
带女萝……”山是神的形
人是神的影，你们是神的神
神的精／灵，在一夜嬉闹，与
五寰万籁无声狂欢后，倒卧于

岛屿清晨的脊背，随手褪下
雾的披纱，佯装成绿色植物在
众树群芳间入睡，偶尔发出
绿色的鼾声，提醒阳光适时
为不胜寒的你们暖被添温

迷人的一夜，带来的愉悦
胜过地上人影千百个幸运的
白昼。你们摇金，击木，洒
露水，燃花火，吹土成风尘
化为人间五声五志五液五臭：

呼笑歌哭呻，怒喜思悲恐，泣

汗涎涕唾，膻焦香腥朽……
你们是神出窍的魂，神赖以
出游的梦，在不可告人的夜里
依山傍岭拉开梦的屏幕荧光幕

平原上的我们捡到且分以喂养
各种快感，慢感的只是你们的
梦遗……若有人而不是人
在夜色浓时，要我的 cosplay
同伴们扮魑魅魍魉，和其幽会

天寰

我们不挤，虽然活动空间
都在高悬于你们头顶之上的
一座超大楼里。我们是高级
公寓，高于你们的屋宇楼房
一座顶层是空中花园的九层楼

九层天，九重天。除了原住民
——无形无影的诸神之外
能够飘上来，溜进来，移民
进来的，自然是那些有幸超越
地心引力的轻量级羽量级选手

我们太虚，需要进补。虚：
为了充实你们的想象。我们是
一列列沉默的部首，等候你们
补上手脚身躯，为千形百状的
草木鸟兽，五行七情发声命名

我们的图书馆里只有一本书
一本无字的天书，任你们翻印
为千千万万不同语言，不同
封面的人气图书，顶住、充实
栋梁结构，让牛汗马汗不停流

翻阅它们如翻阅不断更新杀青的
天空之蓝。你们争名逐利的
运动场很大，世界杯洲际杯赛
很多，但我说虚比你们的实大
小小的心就是最阔的活动中心

神寰

你，无形无影无神
看不见存在又无所不在
是单数不可数的神
投众影于地的透明身躯

人造想出的造物主

是复数可数的诸神
每一株一种药草，一块
贴布，贴在我们身心
痛处弱处，确保、延长
我们短而颤的快乐

你们是无家可归的
文法学家，为了丰富
我们的辞典，时而居名词
时而居动词、形容词
时而又迁徙为叹词

Oh, my God, my God!
我们善用其于床上户外
水里屋内灯下车中
神化人难见之一切事物
真神奇真神勇真神经

好神的修辞学！只是从未
听过我们的神 / 父和哪位
神母结婚、生子，怎么到处

有神童？真神怪啊，诗人
你要以何神来之笔说之？

地寰

地底下是一座监狱
你们进入其口，成为囚
地上面也是一座监狱
（文创业者称之为看守所）
东西南北极力张开为一大口

你们进入其中，成为囚
五步一房舍，十日一看守
内阁。阁楼上鸽子们与
阁员们来来去去。鸽声平和
响起：爬得越高，跌做

地下囚的时间越久……
天之寓有九层，地之狱
加倍绰裕，据说有十八层
我们在地上实习天上地下
生活，边看边学，边守边走

另外一派鹰派积极主张废除

内阁制，改设刑政院长或
执刑长一人总其事，时间
到了立刻行刑，一飞冲天
（他们是基本教义派！）

配合各式宗教信仰，确保
一天内能直达天之寓。还有
一派地下党，要求打造更
深沉的地铁系统，以便地之
狱客满时，能迅速移旧换新

人寰

它们个个是云梦剧场的梦幻
男女主角，在萤火虫绿光
闪烁的舞台。我们是光天
化日下投射在地上的皮影
人模人样，别无例外，虽然

很想装神弄鬼。脑叶挂满
被记过的鞋声，众声喧哗
群树的丰姿是真正的优等声
人脑里有一条内寰道路
旧爱新恨，争相追逐，绕

圈打转，越绕圈套越紧
人海里有一条外寰道路
善男信女旷男怨女不绝于途
越行越挤，圈子越绕越大
群影乱舞：在指环与死亡

共构的同心圆内日以作夜
有影冇影？皱纹的橡皮筋
一条条痛击向脸际。今夕何夕
见此粲者，三星手机替代在隅
在户的三星，定位伊的倩影

随身听，随便唱。即时通
即时忘。有人转寄了刚下载的
一曲 mp3，听到诗人在逝者
如斯的江上游，低低吟唱：
若有人兮山之阿，被薜荔兮……

二〇一三

五环

——奥林匹克风：庆典的，竞技的，五环的……文字与文字的

奥林匹克风从奥林帕斯山吹下，把诸神的私房
话、私房画，压缩在透明而超薄的光之碟片里，
周旋转寄到五寰四方。在你没注意时，轻轻
掠过帕纳塞斯山，被缪斯美眉们列印成诗……

　　五环的，五寰的，环环相生自我繁殖的小寰宇。
　　立刀枪为标竿，弃血腥为盟誓的洗手盆。五
　　大洲古老的臂膀被齐涌而来的浪的桂冠在圆盆
　　里不断刷新，飘浮起五彩的泡泡，连环的童话

庆典的，欢乐的，电动/游戏的，古今通联四
海一家的。一手机即一体育场，一笔电即一神
殿。绞尽脑汁后的畅饮，辛劳后的庆功，把环
环汗捐给大地当娱乐税。无私的分享，同欢。

　　文字与文字的冷泉，温泉，喷泉，三温暖。洗
　　神经也洗脚臭。翁媳同浴，异族同浴，鸳鸯同
　　育：欲洁其身，欲孕育新风格，而乱大伦跨人
　　神。超凡惊艳，自泡沫升起的维纳斯，自辞海

竞技的，叶子们的韵律体操友谊赛，橄榄，月
桂，欧芹，松枝……光把影子颁奖给优胜者。
诸神在黄昏退席为夜幕后的观察员，以星光签
字。天河两侧，智/力与美闪烁不已的拔河。

二〇一三

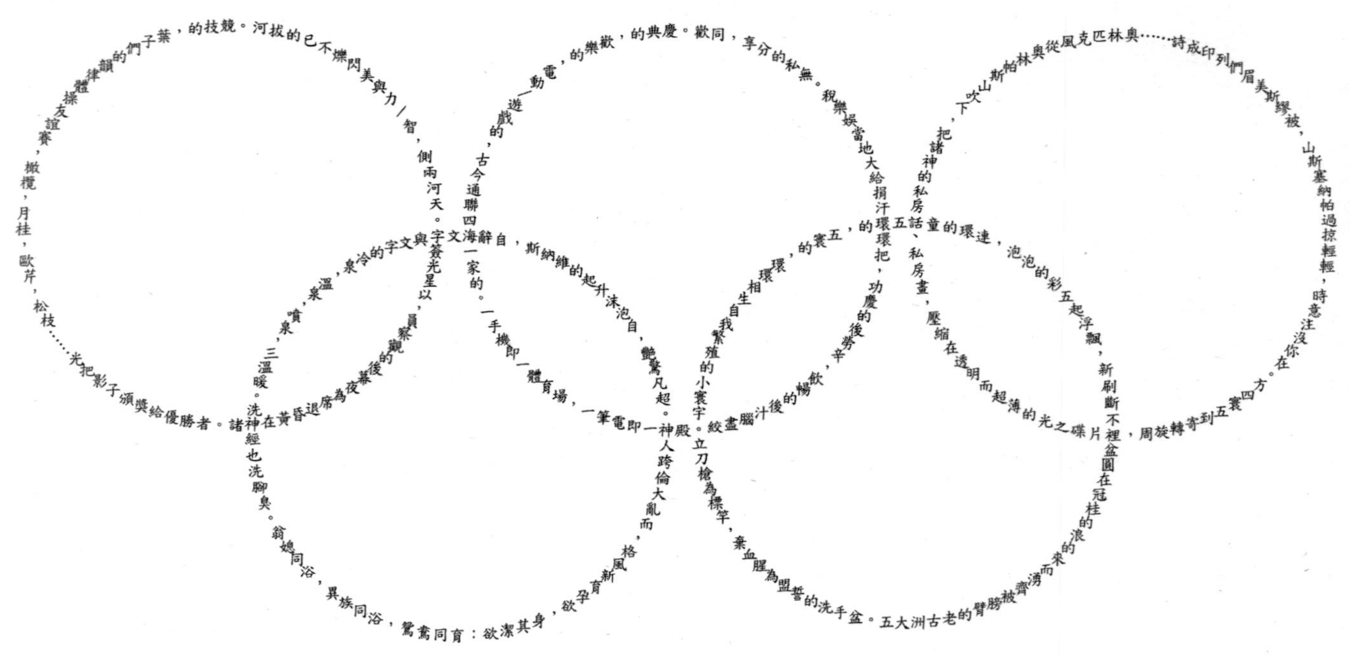

操體律韻的們子葉，的技競。河拔的已不爍閃美與力／智，側兩河天。
友誼賽，橄欖，月桂，歐芹，松枝……光把影子頒獎給優勝者。
諸神在黃昏退席為夜幕後的觀察員以星光簽字
溫泉，泉冷的字文與字文
噴泉，三溫暖。
洗神經也洗腳臭。翁媳同浴，異族同浴，鸞鴦同育：欲潔其身，欲孕育新風格，而亂大倫跨人
遊戲的，古今通聯四海辭自，斯納維的起升沫泡自，艷驚凡超。
一動電，的樂歡，的典慶。歡同，享分的私無。稅樂娛當地大給捐汗環環把，功慶的後勞辛，飲暢的後汗腦盡絞。
一家的。一手機即一體育場，一筆電即一神殿。
立刀槍為標竿，棄血腥為盟誓的洗手盆。五大洲古老的臂膀被齊湧而來的浪的桂冠在圓盆裡不斷刷新，
的寰五，環環相生自我繁殖的小寰宇。
把諸神的私房五話童的環連，泡泡的彩五起浮飄，
下吹山斯帕林奧從風克匹林奧……詩成印列們眉美斯繆被，山斯塞納帕過掠輕輕，時意注沒你在。方四寰五到寄轉旋周，片碟之光的薄超而明透在縮壓，畫房私、

五季

——十三行集

I．春歌

1

滋滋有声，春天吃你胸前
浮现的小点数，不断戳刺向你
打招呼，招引蜂蝶们在你圣殿打卡
定位你是当令的女神卡卡：翻新
搞怪，激发大家抢购你发行的
悠游卡——春光有多短，卡数就
多有限。最珍贵的是手工限量
制作的秉烛夜游卡，订金三十倍于
仙女棒游卡，五百倍于手电筒
一夜倩卡。蜡烛两头烧，前不见
西施东施后不见西西弗斯，滴下的
都是光阴寸茎之金啊！一起出游
血拼吧，趁热血尚未贬值

2

滑溜溜如小鳗鱼的小馒头
使我们的晚餐成为水产土产
两栖竞嬉的戏前戏。它将如何

洄游到你的河道，茁壮，狡猾
与你共构鱼水之欢。她将如何
因我的含嚼，发酵为灯塔在你
胸前导引它大胆进入幽暗禁区
小馒头是晚餐的前菜，而今夜
是我们一千零一夜的第一页：
如何我的小鳗鱼将像辛巴达的
彩船航行于你秘密的水域，而
我的小王子与你的小公主
同游于巴格达的节庆……

3

山的风景，海的况味，开展于
早晨星巴克一杯焦糖玛奇朵
七星潭海边夜间失联的星星
变成星八颗，浮起于咖啡顶端
奶泡里。岛屿中央山脉最熟悉的
一张小山脸，晨妻般系着焦糖色
花头巾，依约来到杯中幽会
玛奇朵是标志，标志白色笔记
页上小确幸的花絮。走两分钟
路，到家门前五十公尺处咖啡店
窗边，找一张感觉在家的桌子

坐下，以小测大，度量家乡的
山高，海蓝，雨量，温度……

4

小城日日擦亮的萤幕新桌布
现在铺在我坐着的桌子上
我的黑书包在椅子上，里面装着
昨夜尚未完全切割成形的梦的
大理石峭壁。几声鸟鸣从
峭壁的缝隙传出，我让它们
慢慢停格于峡谷的天空，垂手静思
不要干涉一首诗成长的秩序
我转向左，在落地玻璃上另开
一视窗，它的画质更高，虽然
只有黑白两色。我清楚看到童年
濯足的立雾溪，在我搅动咖啡时
在杯中，由黑白转金灿转七彩

5

风是最轻便的音乐与气味播放器
蜂饲耳，我的日本女诗人同行
在看过太鲁阁峡谷后，说群山
横天繁殖着，贴近闻着彼此的气味

她要燕子口的燕子说说看到天空
化成断崖的感想，要它们伸出声带
拾起被拿掉的声音的书签，夹在
海与山连绵不止的书页里
她站在禅光寺前说这些话。诗人的
口是最轻盈的音乐与气味播放器
兼翻译机，轻轻用寺前的言叶，用
诗——把峡谷的巨岩峭壁，太平洋
万顷的琉璃，翻译成声音和气味

6

电子书阅读软体，夹带鸟鸣花香
网络上，我独力建构，非部落格组
合屋的陈黎文学仓库，相对地是
散发着汗臭与赏味期限已过货品
不赏之味的硬建筑，不时还听闻得到
鼠辈蟑辈的声息。但我们还是努力
虚拟一个不会被台风地震摧倒的
安身之地，一个离家逃家，甚至
浪迹海外时可以诗意地栖居之所
在啃过黑面包和马铃薯块后，感觉
自己母语的根仍在。或者有一天
陈黎技穷时可以关在里面和同病的

黔驴、黔鼠磨牙切磋咬文嚼字之技

7

轻轻掀开每一本或立或走的脸书
感觉有风自四面八方吹来，用脸
写成之书，被时间，被记忆不断
修改、再版（或者从而绝版）
我们的城镇很久以前就有一座
地方人物馆兼图书馆，我们的
曾祖父母、曾曾祖父母，很早
以前就搞脸书，读脸书，见面时
用手指互戳对方的脸，反复按赞
表示喜欢。多赞啊，不必插电就
互相电到！多怀念那个高阅读率
无文盲的时代，人们熟悉每一页
脸书一如今日我们紧记种种密码

8

城外七星潭防风林边，我们听到
偷渡的流星与钻石走私者的对话：
“明明是新月形，U 罩杯的海湾
却说是七颗星汇聚之潭，害以为
遇到表兄弟的我们差一点溺毙”

“明明亮得超过七百颗星，却谦称
七星，让我们到岸时，误以为
那些十克拉蓝钻翻船坠入水中”
“接应我们的流（亡）星临时政府
临时爽约破局，害我们被
坏坏的星扒客们扒个精光！”
“早知道湛蓝得胜过所有蓝钻，
就把假钻浸入海中染蓝染亮！”

9

晋代与唐代诗人接力叫卖土馒头
晋诗人说：“采菊东海岸孟东篱
茅屋下，来吃菊花枸杞馒头啊”
唐诗人说：“城外土馒头，买一
不送一，亲爱的肉馅、豆馅、
素食馅们，自己按时过来取货吧”
晋诗人说：“就是爱喝，边喝
边吃眼前一波波海蓝沙土馒头”
唐诗人说：“叫那七星诗派龙头
龙萨，也来卖贵贵的法国馒头吧”
晋诗人唐诗人一起说：“周年庆
周年庆！周而复始免费的浪花，
免费的春光！欢迎到此 long stay”

10

柏树下贴上刚下载的杜康：
没想到酒神可以复制，神酒可以
线上宅配。沙滩上，钓客们的
钓竿一支支斜斜横向海上
等待星鱼们上线和我们同饮
涛声回荡，多美妙的斜奏曲！
斜是好的，让太正直的伦理／
道德，往下斜，再往下斜……
邪是好的，让牙耳碰在一起
表演邪门的五官易位特技。但
鞋（皮鞋、球鞋、高跟鞋、
沙滩鞋……）是不必要的，这么
柔软的沙滩，当然要赤脚礼赞

11

加我为好友吧，焉能不为欢？
“池塘和荷花是好朋友，蜜蜂
和蜜。风筝和风是好朋友，流水
和梦……”七岁的你不是把我
这些字谱成歌吗？诗和音乐是
好朋友，我和我的宝宝……
小女孩变成大女孩，大女孩

和爸妈一样成为老师。你的老师
你的同学，你的作曲同行，你在
网络上、异国街头遇到的陌生人
都可以加为好友，为什么也有脸
且渐成老书的爸爸不行？加我为
好友吧，父女也可以有朋友之欢！

12

赞！这可餐可触的春色，在我们
童年时，我们吃春卷，中秋月饼
跟着大人看春花秋月，却不懂
他们为什么要行春，喝酒，喝春酒
我们贴春联，读到天增岁月人增寿
不知道被骗了。天的岁数不增不减
只有人会变老！春和老，和秋，和
死联在一起。行春的对面就是往死
春色对老态，春心对秋愁。啊
与其倚老卖老，不如靠春买春
哇靠，这一桌在无顶无墙的春宫
宴请的春膳，无边春色的流水席
拿好你逾期无效的餐券，来吃吧！

13

讲究口感手感美感的露天酒店
首重风格，气氛。极简主义是
其建筑与装饰的最高指导原则
露天：以无遮蔽的天地为逆旅
露肩露肚露胸：以坦白的衣饰
取胜。露水之缘：强调人与人
之间不复杂、不加 s 或 e s 的
一夜情谊，一次性。露珠人生：
人生如朝露…………………
露出马脚人面人心：徒口徒歌
徒手徒步，刹那即永恒，把握
瞬间美、自然美、素颜赤子美
露一手吧：举杯举箸举小头！

Ⅱ. 夏歌

1

我该把你比拟做夏天吗？
我忽然想起盛夏，感觉你的脸
像满溢流汁的餐杯，群鹰和群星的
眼睛是一颗颗果实爆裂，以蓝芽的
目光快速传输银河碧潭紫色舄湖深且

奥的湿意，我坐在很低很干的峡谷
岩石上，等候你五觉交感的泪涕汗涎
淹没我为一仲夏夜之梦溪。也许
下一个黄昏，被远方双台消息染晕
把你误认做可能的台风眼。在我的
胸间，一个潮湿的暴风圈已然成形
我甘心享受茶杯里的风暴，驱使滑鼠
调度键盘上的字母、注音，和你对阵

2

时间和我对阵，而你的军团
以严明精确的战技施放文字的
花火，布置气味的迷宫，陷敌于
恍惚之境。是借我的手剪辑场景的
形式学，或是以你、以爱之悲喜
为主题的内容，或者两者一起，让
对方不敢轻敌？炙热的骄阳
冰凉的西瓜，彼此是敌军或友军？
轻狂的少年，老成的智者，两者
同一人吗？或许，与我对阵的
是我自己。时间是一个大足球场
我既要提脚踢浑圆的果实叩门得分
又要张手挡不停自转的地球入门

3

你的声音输入法在我背后为我助阵
以耳语之网网罗四方四季，唯你
明察春蝶薄翼与秋毫细微的震动
冬虫夏草秋月春江，错落海岸
千年溜滑的段段落落。敲键，存档
反复剪贴，修改的山水 / 文本
时间和你谈判，把空间切割成
一张张 A4 影印纸，外包给吾人
经营：它抽取利息，我们获得趣味
在合约有效期间。如外外包给
第三者制作发行任何外文版
其 interest 由两者均分。有趣吧？
敌对双方分享利息 / 趣味，因为你

4

夏夜小山前，那些乒乒乓乓的
洗牌声，是乘东南西北风来的四方
神圣，切巨岩为桌，在围桌聚赌吗？
祂们洗牌，砌牌，摸牌，丢牌
顺便叫旁边的喷泉、飞瀑，帮祂们
把城下的牌洗干净。乒乒乓乓……
露天方城之战，神仙在人间的游戏

祂们当然知道麻将有鬼，连神也莫可
奈何。愿赌服输，这才是入境问俗
尊重下界的人权鬼权。祂们把梅兰
菊竹这些花牌丢到四周，成为随风
摇曳，四季俱在的梅兰菊竹，在喝完
一碗四神汤的时间，神速打完八圈

5

瀑布声响被你重组成一连精兵
或清冰，加上滑嫩嫩的果冻：
凉的爱玉冰喔，凉的仙草冰喔
凉的绿豆冰喔……一连串的
叫卖声从凉如水的天阶响起
撒豆成兵，撒红豆和炼乳成为
红卫兵也爱吃的红豆牛奶冰
还有口碑、口感绝佳，嗄嗄叫
禁卫军最爱的咖啡加吗啡冰
胆大的天兵才敢吃的杏仁砒霜冰
这不是天国的夜市。这是夏天子
和夜之后结盟周年庆，夏夜
免费大放送，免费请吃冰！

6

穿过长针短针秒针密布的针叶林
我远远地问："爱丽丝，你找到
出口了吗？"我似乎听到她的
哭声（或笑声），说："我在学乱针
刺绣！"唉，这一绣不知道要多少年
是她老缠着时间，还是时间缠住了
她？这不懂事，老长不大的小孩
叫她一个人不要随便跑，她就是不怕
不听话。不怕我，也要看天色、怕
时间啊。她以为她有多少时间？
老师交代的童话作业都还没写呢
她这一绣，恐怕要把自己绣成跟
白雪公主、睡美人一样的童话人物

7

溯记忆之溪游击，勇敢攻占
昔日沦陷的城池，反败为剩
不错，是我们仅剩的古迹名胜
（名为胜，其实只是败部复活
旧梦重温）这水仍是冰凉的
但我们伸出长着厚茧的手摸它
它变成温的。这是温柔还是

冷硬的时光逆旅？当我们是信仰
智仁勇三达德的童子军时，我们
不曾征服过它，如今我们是逾龄的
老童军，童心未泯地想要逆转
颓势，让直落的瀑布再生为喷泉
诗的喷泉吧，我想，或者梦的

8

触觉嗅觉视觉联结的高地
乳白麝香褐玫瑰红的三色旗
流金夏日橘香凝成的纪念章
以葡萄美酒为奖金的夜光奖杯
U型的下坡路U型灿蓝的海湾
一鱼多吃只只吱吱叫的ㄓ形餐叉
圆滑奏自由奏华彩奏交鸣的花伞
被风的食指不断翻动的气味大辞典
摇长长长长白浪布条静坐示威的岸
黏七种薄荷味为七彩的虹之彼方贴纸
沙粒之糖碎浪之冰拍岸出的泡沫绿茶
以花腔与花香争相拔高的海豚音咏叹调
宇宙圆形剧场无声无伴奏的午夜音乐会

9

给敌方一点颜色，气味……让其难忘
譬如说她内衣的颜色，内裤的味道
——这是美人计。但就像写诗，并非
把一些美美的东西堆在一起就是美
还要有更内在的东西，譬如血、肉
或内心。给点颜色气味瞧瞧嗅嗅
算是制敌机先，先驰得点，要彻底
奏效，得让其里外震撼，心服口服
更何况如果对方是没有口，沉默的
时间。让我们替它发声，发威，发情
用一首诗，陶瓷器皿般的简洁
节制，以小寓大，举重若轻，比轻
还轻地，举起生命中不可承受之轻

10

象形指事会意形声并容的方块弹的
意思是指互掷一张张麻将牌，有声
有色有图有字的方城之战吗？或是指
陈黎的图象诗《一块方形糕》，一首
既要斜读，又要横读、直读，未曾
有之的劲爆诗？或者指的是方块字
（以前繁体比较胖，换成简体瘦很多

的中国文字）？《一块方形糕》似乎
把方块字当麻将牌，凑对子、做顺子
横凑、直凑等听牌，在字里行间埋了
一些地雷般等候踩爆的笑点，最后
居然让这家伙胡牌了！真是麻将有鬼
这手怪牌，乱排乱排也能胡成一首诗

11

威力：这些长长短短的诗行就是
一例，如果够精准，够锐利——
我是说如果。笔比剑更有力，但
要把假如磨成真果，需要磨墨
多少年啊。把公民与道德课本竖立
起来，算是立德吗？捡到五十块
交给教官，记小功一次，算立功吗
立言是站着说话吗？让文字自身
立于时间之流（啊，这个老流氓！）
而不颓。对它说话，说你算几流啊
让我们奔流到海不复还？啊我们已
将旅游志诗化、液晶化为高画质
共享资源，沿途 PO 于水中网上

12

随随身碟、记忆卡四处流传的
夏朝传说，在夏日某朝暴雨停止
洪水渐退后，陆续被拾获：九辩
九歌，精灵般少女们夏夜的舞踊
真希望她们永远不要老去！
或者随身一转，跃然纸上，让我
用同样年轻的诗将她们包起来
包你们代代都得以新鲜的眼光
对其一见钟情，仿佛她们将一直
是从未恋爱过、定情过的处子
无沦为标本之虞的彩蝶，因为
她们就是四时、四处飞旋，依附
在我们周边，最轻盈的随身蝶……

13

我们卑微战史／情史的压缩档
不值一毛钱，如果它们不是整个
人类战史情史的缩影。我们的
夏天没有什么值得惊喜或惊讶
如果它们不能叫下一个朝代或
民国的人们惊吓。具体而微。但把
微缩片放大，会看到同中迷人的

异处。每一个微软，各有其硬
每一个战史是暂时也是并时的
啊，我们不下于盛唐、不下于
盛极一时金字塔王朝的盛夏：
矗立于时光沙漠上流金耀光，在
夏天过后依然感觉其文明的温度

Ⅲ. 秋歌

1

秋决定在整条 A 街月橘花灿开时
以亮眼的白色钟形花冠为灯笼
枪决两侧路灯，让清朗自然的秋光
取而代之。秋做了决定，除了误读
文本的国际废死刑组织代表外
没有不乐观其成者。为了区别街名
秋决定在整条 B 街月橘（也就是
七里香）花香远飘七里外时，以
浓郁的香气为篱笆，阻止偷香
好事者入内。秋又决定，不管 C 街
D 街 E 街，栾树楝树枫树，只要
叶色花色够明丽，气味够迷人
都可连为保全系统，保全秋之亮节

2

用厚厚的后后现代秋色重组我城
不须大兴土木。最薄的时候，秋天
是一条金黄的线，环绕着我城
有点影响上班族，但没有影响交通
它像隐形的电梯扶手，我们手
轻靠着，穿墙升降于只有楼梯的
我们的办公大楼。它是圆周，而
圆心接近我们忐忑的心。它是飞盘
载我们旋出窗外，与落霞孤鹰齐飞
我们于是有 fu，感觉秋空是
一座蓝色的小巨蛋，微波炉：
孵着我们的梦，微波着我们刚从
冷藏室取出的《秋山行旅图》

3

霜叶红于二月花是古代风景
出自诗人杜牧，有人说他有点像
现代的杨牧，但杨牧似乎壮些
因为他爱喝啤酒。啤酒与诗与枫叶
之瘦腴有关乎？杜牧在酒家喝花酒
杨牧在自家花园携一打冰啤酒
举杯邀奇莱山，对影成三人

我可以作证。我在我家后面看到
微醺的奇莱山背脊上群花艳放
如梦似幻。摸到花牌“秋”，杠上
开花，胡了五台牌，收了各家钱
走到门外像一棵枫树对着中央山脉
小便的我友朱老师，也可以作证

4

诗人停车坐爱枫林久久，今人则
停车枫林道旁车震，省钱省事
因为经济有点像秋景萧条，在
圆熟满涨后续以崩泄乃不分
物我、男女之常情，特别是
非恒常的男女之情。只是有时
激情太过，或车窗紧闭太久，致
一方（或双方）不省人事，徒增
秋愁。秋高气爽，停车散步是好的
散愁心成清秋，脱掉鞋袜，赤脚
触地，享受侧震底震趾震跟震……
在一个被连续地震所惊吓的城市
我们欣然收集种种震动的喜悦

5

驱车枫林 Motel 做久久
——噢，打错了！是坐久久
吾今疲矣。除了看电视，泡
房间里免费的茶包、咖啡包喝
什么也没做。能做什么呢
秋天已到。坐在旧名枫林宾馆的
这家 Motel，心中座立着一间枫林
冰馆。还没有到冰库的冷，也断非
消暑吃冰之地。该收割的已收已割
没收的就等秋后算账，收不到
就成呆账、死帐。还来做什么？
枫林已晚。夏日的自由车选手都
已离去。一个人来这里能做什么

6

一边饱尝哈根达斯枫糖冰淇淋
一边狂吃麻辣锅。时冷时热
吃到饱，吃到春去秋来，限时
抢食，多吃的都是赚的。该怎么
吃出一株紫珠或一池睡莲来？
秋天以后，浮在水上小寐。再睡
一觉，直到永恒。饕与餮

像两头石狮子，立在南柯两侧
树下蚁群戮力搬运我们衣服上
掉下的甜汁，面包屑。我们秋收
它们冬藏。面粉做成面包，梦
做成我们。我们是睡眠这头
睡狮的食物。多吃的都是赚的

7

厚实的枫情任任何不解风情之
防风林，都想弃暗投明，改穿
质轻、色暖的红风衣：它们也想
防空洞，防止莫名的空洞感
突然袭身。防风林的外边
还有防风林的外边　还有
然而海　以及波的罗列。罗列的
波，给我城，给秋，以秩序
在我们按水阀冲马桶，抽取
卫生纸时，一波波涌现。洗手台上
玻璃盆栽顿时成为一盆海，挂着
下班时我们可以穿回家的枫衣
枫帽：我们心悦臣服的秋之制服

8

市民都难逃其魅力之掌，日常生活
屡传男女老少遇袭事，月桃桔梗
枫槭等花叶形红紫掌印浮现身体
各部。智者曰：“此所谓致命之
吸引力也！”方其圆熟盛极时
无坚不攻，无物不透，吾人
陷溺于一饱满、酥软之空无中
那儿，一切是和谐，美，丰盈
宁静，与欢愉……警察局长进退
失据，上级责其快速缉捕此怪手党
民众则齐呼：此天命、天意也
莫之可逆！秋奉令行刑，万物
所能者唯引颈伸躯等候销魂爽死

9

生命遂有了小／三思不得其解的美妙
我们曾猛思、九思，与彼岸、与鬼神
小三通，可能获致之好处，发现
彼我异界，远水救不了近火，更何况
秋之火已然将禾谷烧得如此熟烂
我们只好亲自直视此灾情，小思、三思
其中可能有之奥意。秋火将谷穗烧熟

我们将生米烧成饭，此火势之必然
我们只能先吃了再说，且趁火打劫
在秋月满盈时，或夺其光以夜游，或
顺其圆以旋舞漫歌，苦中作乐，幸灾
乐祸，亦人生妙事也。纵火者秋，为
我们投保了个人险，我们放心扑火吧

10

重心：秋声不再鏦鏦铮铮令人悲
重形：非金石之质如何与草木争荣？
轻心：秋组织的打击乐，多似盲生们
耳听八方，轻松自在的敲敲打打
轻形：与其喋喋不休说这里痛那里痛
何妨学她们蝶蝶不羞，美丽地飞不见
天之于物，春生秋实。老实说，这话
真吊诡，既茁壮老成而实，又老去
掏空而虚。大言不惭只说秋的好话
场面话，真“秋秋脸”！冬去，春来
果实由虚而生。啊，秋天有两张脸：
秋／秋脸。不必害羞，此其实也！
你来，我去，两秋天。其实只一个秋

11

名目繁多的赋税外，无须作赋咏叹
今上之英明。啊，我情愿写万行诗
歌颂万国万王万税万万岁，也不要
一年到头按时向四季缴税：春天
要缴思春、发春税（费用超高，我的
青春期又超长）；夏天中暑如中奖
要抽好几次税；秋天，秋风秋雨秋凉
秋思样样愁煞人、课你税；冬天冻冻
冻，一会儿心冷心寒心颤，一会儿
大雾笼罩世路茫茫，体弱多衰，冬虫
夏草、寒天藻丝等等补品都要奢侈税
四季无政府，四处皆见义勇收税员
拖缴欠缴，一律秋决或者秋后清算

12

百忧感心、万物劳形的人生……
如何解忧？可试百忧 / 千忧解
近一年体痛心忧，两番服千忧解
去春吃了八周，转忧为躁，圈字成
短诗两百首。秋后再吃两个月，突然
灵思涌动，十周内敲键成长短诗
百余首（这些诗即是），破我数十秋

记录。诗人精神科医师鲸向海说：
下次如有人写不出诗，就开千忧解
给他！噫，形劳体痛让人百忧、千忧
——劳心除忧，以秋歌春歌解躁郁
让忧郁的鱼群从晨间蓝海，悠游
到蓝墨水海，其诗人私房解药乎？

13

后花园秋千和后伦理美感将荡涤一切
后后花园秋千美学，据说发轫于小说
《金瓶梅》，第 25 回吴月娘春昼秋千
众娘儿与壮丁一，秋千上尽享游戏之乐
而无伦次之分。过两回，潘金莲醉闹
葡萄架，以绳系自己为人肉秋千，让
西门庆荡之涤之，此后后花园秋千
美学。荡过来秋千，荡过去千秋（
即秋千）。洗涤前，伦理；洗涤后
不伦。而秋居其中。秋居其中，将
秋千荡成千秋 / 万世，当我们在秋水堂
简体书店翻书，喝茶。店外华灯
繁星互视，我们的目光如秋水舒缓

Ⅳ. 冬歌

1

灰蓝的海面此刻是一艘巨大的旧船
近乡情怯似，逗留于港外。冬
又回家了。回家换冬装，吃冬至
汤圆，进行周期性冬令进补
累了的时候，冬眠。它就像一个家
又要回我们家，我们也近乡情怯
每一次重聚，旧伤弭平后，又带来
新的嫌隙？就像阳光下灿烂的海上
旧浪推出的一波波新浪痕。冬
即将登岸，等灰蓝的海变亮，它
灰色的船身慢慢消失于灿蓝的
海面，我们知道它就要到家了
而我们也在家里准备动身回家

2

搁浅于灰蓝色的海面，载满
闪耀碎钻、蓝钻的浪花，迟迟
无法登岸。我们吹口哨，打暗号
它们还是没有如约翻腾上我们坐了
一个下午的堤防。有人说冬防
演习开始了，无护照、无身分证的

流浪汉或流浪浪，不可随意进出
海也许有国籍，我不知道来了即
失踪的浪们有没有。冬天的海岸线
这么长又萧索，它们集体偷渡
易容上岸，谁能防止？我欢迎它们
继续走私春天夏天的宝石或秋天的
琥珀。总之，给他们一点颜色看看！

3

废弃的电器用品，低温冷藏的
黑胶唱片、CD，全被冬雾贴上一层
灰蒙蒙的封条。不插电的冬的声音比
mp3 薄。雾里藏着一只大象
大象肚子里是一座临时法庭
你在梦中偷过一件裤袜，两件
墨绿色胸罩，他们控诉你杀人
并且是一个女人。你侮辱过春天的
绣眼鸟，夏天的夹竹桃，他们罚你
在海浪的尖刀上和其他狱友合跑
一千六百公尺接力，掉棒还得重来
这是时间法庭吗？向时间上诉
让他们在下一只大象出现时重审

4

鸟鸣、虹彩、罂粟香：冬，要进港了
货柜里堆叠着上一季损龟的彩券、马票
无声，无色，无息，一个伪装衣锦
还乡的破产浪子。它带回一个小磨坊
倒转着，把货柜里一张张废纸磨成
踢踢踏踏的马蹄声，一匹匹分轨上传
直到重构出一座众马奔腾的虚拟的
跑马场，让我们在空旷的冬夜里同步
连线投注。感谢它让我察觉我帮浦般
抽动的心依然是我的好友，一颗
快速运转的鲜红硬碟，在每一次
我手握滑鼠动作时，迸放出一朵朵
花蕾：尚未开彩揭晓，但充满希望

5

一如其郑重其事准备出港，我们
小心翼翼锁好伤口，标定痛点
开始闭关。关口在每一个车站出入口
我们买了来回票，回程就改为
在自己体内旅行：半世纪鲜做
维护的道路，坍方是难免的，肩膀的
断崖移位，落石不断痛击腰背手脚

筋膜的溪流阻塞，眼耳鼻喉等通讯
系统受损，这样的旅行自然是略带
感伤的，即使风景就在我们身上心上
五脏的庙宇殿堂，经年失修，壮胜的
古迹变得有点滑稽，特别当天雨
路滑，一不小心，就会掉到裤外

6

在岸上打旗语等候，围巾和浪交叠
这是人和自然（简称天）对话、谈判
我们在此岸以物质性的围巾为旗
对方在彼处，以美学性与战斗性
兼具的浪为旗，滔滔不绝传话。对方
仍在犹豫。能不能破例？要不要破例？
当然清楚此例一开，很难重立威信
难道就不能让我们长住恒春或恒住长春？
或让四、五佳人或好人，青春永驻？
对方仍在考虑。天色渐暗，天候渐冷
我们越来越不容易看清其意。围巾
和浪交叠，天人如何合一？人在问
天在看。人天天问，天天天顺其自然

7

来电答铃和涛声……有些东西很急
真的很急！譬如拉肚子，生孩子
或者你的小舅子在外头捅出大娄子
来电答铃叮铃当啷响起，你没有
接听，转入语音信箱的是沉默的惊涛
骇浪。Darling, darling, hurry, hurry!
有人在另一头把沉默转译成急切的
外国语。你想起电影上看到的夏日
激流荡舟。而现在是冬日，此地
生命之溪节拍转换的出海口：沉默
之声，苦恼而宁静的浪……很多东西
很想大声吼出，很多东西很想快快丢
弃。来电答铃叮铃当啷夹涛声又响起

8

有些东西急也无济，懊悔自己傲慢
即使崇尚简朴、谦逊的教宗方济
对你弹琴，也无方可济。忏悔、懊慢
是傲慢最好的修道院。秋天和冬天
为你合盖一间无教籍的修道院，以
简朴的天气，合适沉思的枯山水
浪是最长篇而乏情节的经书，一页

一页，配合你寂寥的一夜一夜
晨课是慢跑，午课是慢步，晚课是
慢火焙曼陀罗。你曾经傲慢如
峡谷削岩凿壁的暴雨山洪，如今
滴水穿石，时间为你这颗顽石穿了
耳洞，让你听得进神和别人的大话

9

往往已经太慢。太慢在去岁上岸的货中
把赏味期限即将到临的梦和爱情
拿出来冷藏。你喜欢热或烫，不喜欢
东西像天气冷去，但梦的温度有时候
不宜太高，而爱情除了全糖、半糖
微糖、不加糖的调配，也可以任选热饮
冷饮或常温，或者用吸管慢慢吸，慢慢
滴……往往已经太慢，一旦发现开始
走味或腐坏。不能怪学校没有教卫生
常识，常识多半来自搜索引擎或电视
最重要的是要自己亲自试试。对于保存
易碎或易坏物，一窍不通怎么办？
没关系，起码到现在，已通了六窍！

10

找到对的药，当你发现偏见像偏头痛
新月让你患狭心症，黑手党传染给你
腕隧道症候群。你以为不要晚睡觉
就可以避开疾病的阴暗。睡个美容觉
你照样不美丽。要找到对的药：
也许没有药，不要药，不要——怕
怕什么？怕老，怕病，怕死，怕穷
怕丑，怕老而病而穷而丑而死
如果怕是一条手帕，你就轻挥它几下
如果怕是一个球拍，你就给它用力拍
如果怕是一个节拍器，你就给它慢慢拍
或慢半拍：如歌的行板，如歌的慢板
如歌的缓板，如歌的最缓板……

11

日日黏着你，始终桀骜的那水手的影子
就是烈日正午百分之百附身于我，而
无人发现的我自己的影子吗？甚至
我自己也没察觉。桀骜不驯？你养过
宠物吗？猫，犀牛，或者小王子的玫瑰
你感觉过自己是宠物吗，被宠、被
驯服或征服？我不曾征服过任何海洋

或陆块，夏夜或秋日。我曾被色彩与
声音，气味与线条驯服，一个诗人
我的桀骜剩下木马，一支木铅笔，画地
自限，自我圈绕的旋转木马。我用它
在我马蹄铁状的心的甲板升起军旗
一个在冬日外海宣告独立的流亡军政府

12

船终要进港而后离去，海关不查缉
我们携带的木头枪枝，它们加起来
只是一盒铅笔，我和我的同伙们
我们革命，又被反革命，流亡、游击
伺机再革命，再破旧立新。我们捍卫
生，也希望不畏死。我们用射入我们
体内的子弹复制子弹，来自敌人或
朋友，异国或本土。精准、利落是
必要的，以最曼妙的秩序安排我们
子弹落点，不管有没有一枪销人魂
夺其神。美即是力，对抗保皇党
宫闱派、复辟份子：我们带走弹壳
血、恐怖，留下海、乡愁和素描簿

13

那些抽象、概念的东西，因为它们太重
我们留下来给新来者研发简化之道
让它们轻些，再轻些，直到像胸章
别针、胸针般，可以轻松戴上又
解下。或者像手机吊饰系在腰间
以轻起重，帮我们提菜篮、救护车
灯塔、梦、卫星导航器。美有多重？
时间有多重？爱有多轻？死亡有多轻？
可以以我们的身体，手指，或笔
为独木舟，载走它们全部吗？上岸后
变成一台小折，骑着去兜风。我们用
简单的技巧，把逝水、忧伤、潜艇
折进浪里，等春天的浪把一切翻到水面

V．十三月

a

滋滋有声，春天吃你胸前
滑溜溜如小鳗鱼的小馒头
山的风景，海的况味，开展于
小城日日擦亮的萤幕新桌布
风是最轻便的音乐与气味播放器

电子书阅读软体，夹带鸟鸣花香
轻轻掀开每一本或立或走的脸书
城外七星潭防风林边，我们听到
晋代与唐代诗人接力叫卖土馒头
柏树下贴上刚下载的杜康：
加我为好友吧，焉能不为欢？
赞！这可餐可触的春色，在我们
讲究口感手感美感的露天酒店

b

我该把你比拟做夏天吗？
时间和我对阵，而你的军团
你的声音输入法在我背后为我助阵
夏夜小山前，那些乒乒乓乓的
瀑布声响被你重组成一连精兵
穿过长针短针秒针密布的针叶林
溯记忆之溪游击，勇敢攻占
触觉嗅觉视觉联结的高地
给敌方一点颜色，气味……让其难忘
象形指事会意形声并容的方块弹的
威力：这些长长短短的诗行就是
随随身碟、记忆卡四处流传的
我们卑微战史／情史的压缩檔

c

秋决定在整条 A 街月橘花灿开时
用厚厚的后后现代秋色重组我城
霜叶红于二月花是古代风景
诗人停车坐爱枫林久久，今人则
驱车枫林 Motel 做久久
一边饱尝哈根达斯枫糖冰淇淋
厚实的枫情任任何不解风情之
市民都难逃其魅力之掌，日常生活
生命遂有了小／三思不得其解的美妙
重心：秋声不再鏦鏦铮铮令人悲
名目繁多的赋税外，无须作赋咏叹
百忧感心、万物劳形的人生……
后花园秋千和后伦理美感将荡涤一切

d

灰蓝的海面此刻是一艘巨大的旧船
搁浅于灰蓝色的海面，载满
废弃的电器用品，低温冷藏的
鸟鸣、虹彩、罂粟香：冬，要进港了
一如其郑重其事准备出港，我们
在岸上打旗语等候，围巾和浪交叠
来电答铃和涛声……有些东西很急

有些东西急也无济，懊悔自己傲慢
往往已经太慢。太慢在去岁上岸的货中
找到对的药，当你发现偏见像偏头痛
日日黏着你，始终桀骜的那水手的影子
船终要进港而后离去，海关不查缉
那些抽象、概念的东西，因为它们太重

二〇一三

注：《五季》一诗共五部份。前四部份各由十三首十三行诗组成，每部份十三首十三行诗的首行合在一起，又另成一首新的十三行诗，即第五部份中的四首。这五十六首诗形成一“联篇十三行诗”。“春歌”第六首中提到的“陈黎文学仓库”是搜罗陈黎作品与相关资料的网页。第九首中提到的孟东篱为台湾知名散文作家，向往澹泊、自然的生活，于花莲盐寮太平洋边，用木、竹、茅草、铁皮搭建简易房屋居住，取名“滨海茅屋”；唐朝诗人王梵志有诗谓：“城外土馒头，馅食在城里，一人吃一个，莫嫌没滋味”；花莲七星潭海畔有坟场。“秋歌”第三首中提到的杨牧为陈黎的前辈同乡诗人；奇莱山高3560公尺，位于台湾南投与花莲交界处。

辑六 ——— 亚/热带

莲花行

你对我说:“芳儿,我想看莲花长得怎么样。”你病得很重,阿婆,身体很痛。母亲不让我跟你睡了,说你身上都是细菌。那天早上你起得很早,到屋后把身体冲干净,换上最喜欢的衣服。我们在蕉岭。你说往南行。我说梅县只有梅花,没有莲花。你说往东南行。我听作江南行,因为课本上说江南可采莲,莲叶何田田。到了晚上你就走了,闭上眼睛,安静得像一朵梅花,在蕉岭冷冷的秋山。我没有哭,我说我会告诉你莲花长得怎么样。他们教我玩结婚的游戏。往东南是海,再往东南是岛。我来到岛屿东南的大洋畔。我的假丈夫给我真香蕉吃,蕉岭没有的,很多肉的香蕉。这一次我哭了。他说幸福吧,你以前只吃过香蕉皮,现在给你吃香蕉汁。那车站的牌子上亮着大大的两个字,我一直看作是莲花。翻过蕉岭就是梅县。翻过青春,就是陌生到不陌生的稻香村。东南可采莲,莲花比梅花咸。海边有盐,海风把泪吹得有点莲花味。我买了手机,阿婆,我把一朵朵拍过、怕过的莲花的脸都贴在脸书。看到了吗,阿婆?你说的。芳儿,行万里路,读万卷书……

二〇一三

注:台湾花莲的吉安乡,有村落名“稻香”。

越鸟

距离河内市三百公里，站在
我生长的村庄广大的田里
我们有的是蓝蓝亮亮的天空
不远处跟天一样蓝的下龙湾
以及偶然飞过头顶的机器鸟
姊姊说那不是鸟，那是飞机
（她后来嫁到了韩国）
我说，如果能搭一次飞机
就是死了也甘心

十九岁的我从田里走回家
那男孩从亚热带的岛屿来
在我们村里走动了两日夜
不好意思地对我说：
我可不可以看你满是泥土的手？
我可不可以和你做朋友？

二十岁的我坐在机器鸟上
和他一起飞到亚热带的岛上
像一只青蛙从绿绿深深的

田井中，飞跳到蓝色的大洋畔
他们说这里好山好水好无聊
我说好山好水好热闹！
直直歪歪交叉的街道
大大小小的商店医院学校……
我重读了一次小学，因为我要教
我肚子里的孩子唱这岛屿的歌谣
我重读了一次国中，因为有一天
我要跟我的孩子一起冲上网
左手敲ㄅㄆㄇㄈ，右手按
A B C D，浏览全世界

当我想到家乡时，我会偷偷
擦掉眼泪，就像从田里工作回来的
爸妈，擦掉身上的雨水汗水
我会用越南话唱歌哄两岁的
女儿入眠，我会用越南话讲故事
等四岁的儿子张大眼睛……
有一天当他们在古诗里读到
“越鸟巢南枝”时，站在南方
岛上的他们也许会朝南指向
远方天空透明神秘的蓝色鸟巢
说，看，那是我妈妈的故乡

那是我外公外婆从下龙湾

上传的天空之城……

二〇一三

梦中央盆地

1 杵歌

这次，不是航向爱尔兰
而是乘着梦的轻舟，荡回
岛屿中央，沉水的白鹿
鹿角与鹿角闪闪角力、发光的
明潭，向守着盆地的船山爱兰

摇清风为桨，我来重寻
以盆地为木臼，边捣边唱的
杵歌——上一次聆听时（噢
半世纪了），是仅存的
两百多族人全体的合唱

痛快啊痛快，在前人未踏的
湖中，浮着独木舟斟酒，任
大波小浪即兴推到尽头……
那熟悉的歌声，如今更曼妙
只是唱歌的人越变越少

湖光闪闪，小米成熟了

带少女和幼童，一起来帮忙
收成，一起为丰收欢唱
随一阶阶越捣越响，越响
越高的音波，梦回台地乌牛栏

这岛屿中央的盆地群，有多少
鸟栖居，龙潜藏？有多少
来不及自拍、转寄，上传于
脸书的不同族群男女的脸庞？
有多少鸟居龙藏来过，说

啊，数目越来越少了，这些族人
这些散发不同色泽光芒的语言
歌谣，像流星般要消失了……
湖光粼粼，我听见月光的冰木杵
把大小盆地捣得响又亮

2 梦中央

梦中央盆地口停靠着一座船山
有入无出，大船入港一泊数千年
船首是醒灵寺和基督教医院
船尾是甘泉喷涌的铁山里

船名叫乌牛栏，或者昵称做爱兰
多么安稳、优美的睡姿！安稳了
整个盆地人们的睡眠和聚宝盆
优美了孩子们的梦和群峰的身姿
我穿着凉鞋重登这梦的台地
茭白笋田伸出皎洁的茭白，向
我露白的脚趾打招呼。大小石块
堆出的洗衣窟前，妇女们洗着的是
不能用洗衣机洗的刚弄脏的云朵
的桌巾。干净的蓝天，一如干净的
心情，要铺干净的桌巾！那将天下
第一名泉的水挑到台地下的酒厂
换取一天四角钱工资的挑夫
是乌牛栏社人的后裔，还是大马璘
社人与汉人的混血？纯净的好水
造出好酒，也造出好纸。那一张张
堆叠起来的手工纸，不就是通向
云朵上对饮的酒神与美神的云梯？

二〇一三

注：埔里盆地群为大小十几个山间盆地之总称，位于台湾岛中央，包括埔里、鱼池、日月潭等盆地。1900年日本人类学者鸟居龙藏来此踏查，感叹盆地上某些原住民族群即将绝灭。其中居于日月潭的邵族人口，学者陈奇禄1955年调查时，已不及250人。邵族传说谓其祖先因追逐一白鹿，从阿里山历半月而至日月潭。爱兰台地，旧名乌牛栏台地，位于埔里盆地入口，有“船山”之称，因地形像一艘进港的大船，早为族群活动平台，清道光后，陆续有巴宰族人迁入，建立乌牛栏、大马璘等社。

鹿港

整个城市像一具算盘
算珠上上下下，盘算
入港出港船只鹿皮
縠米丝布石材药材
这地形似鹿的鹿港
一张嘴开开阖阖念念
有词，渴啊。泉水
跨海峡而来，入口
出口，止渴又激渴
忙啊。来不及刷清的
泥沙像污垢淤积牙缝
这港没有香港香了
用泉州腔念看看：
香港买香香两两……
是不是口臭让本港
口齿有点不清了？
我们惜玉怜香的鹿
据说，一气跑进了
狭仅通人的摸乳巷
火车要进去载它出来

兜风兜风重振口风

但巷子太窄了，铁路

无法通过，我们的鹿

从此隐而不彰，虽然

它一直在彰化……

二〇一四

注：鹿港，位于台湾彰化，西临台湾海峡，荷兰及清治时期台湾最重要的商港之一，曾为全岛第二大城，距大陆沿岸最近，与泉州港对航，后因港口泥沙淤积、纵贯线铁路未经过而没落。

玫瑰圣母堂

圣
母啊
你说高
而不必
一定要雄
信仰让我们的传道所
增高，当茅草堂舍为
咸丰年间的秋风所破
草茨漫天飞舞，转成
蜻蜓与群蝶春天归来
环绕一棵树向上，时
间的铁钉透明地钉入
穿身而过，把木质的
圣咏坚定为钟琴，被入港
的风的手指拨得更响更晶
亮，红玫瑰白玫瑰黄玫瑰
排列你周围，辉映成天梯
般扶摇直上的彩色玻璃窗
福尔摩莎的红砖，硓咕石
西洋、东洋、福州师傅三
位一体的三合土，向上的是
哥德式的尖顶是悲悯是你的
温柔，你说高而不必一定要雄
永恒的女性引领我们上升……

二〇一三

注：玫瑰圣母堂，位于高雄苓雅区五福三路，建于咸丰年间，是台湾第一座天主教堂。

不老温泉

温泉不老
人老

男人老
女人老
仙人老
神话老

心
还不想老
还想泡在
温泉里
温洗童话
洗出一颗
还赤
还清新的
童心

不老温泉从
不老溪来

骑着青牛的

仙人

从山上来

仙人说

当神仙太久了

很无聊

很想重新

做人

他脱光神仙装

丢下神棍

让整团肉连同

吃了仙丹还酸痛的

仙风道骨

一起浸在

无色无臭的

温泉里

出狱

入浴

真好

出神

入凡

真好

二〇一四

注：不老温泉，在台湾高雄六龟，源于荖浓溪支流不老溪的溪谷。

驳二

驳二，第二号
接驳码头
生之船渠里闲置的
港口仓库
如何引燃烟火
自焚为复活的马头
艳丽地奔驰于
夜之波浪，二度
接驳，通行

马蹄声在记忆的
仓库一波波翻起
舱底的废料，滞留于
夏日正午的
她的气味
久远的月亮坠入海里
成为一支露着
尖玻璃片的透明瓶子
被打捞起

层层覆于墙上的
斑驳的航海志
绞碎，灭迹，又
窸窣作响的爱与梦的
契约，借据，证明纸
浪花证明你来过
接通了，隔了半世纪后
子夜的对话：你两个
孩子，我满天颤栗的星子

二〇一四

注：驳二，位于台湾高雄港第三船渠的第二号接驳码头，弃置多年，因规划成艺术特区重现活力。

一线天

减肥为一粒沙，一缕风吧，人啊，循一线之望，逸入神妙缝隙，窥天

二〇一四

注：台灣高雄大岗山有“一线天”，两侧山壁耸立，形成一线长约百米之山沟。

花莲

以浪，以浪，以海
以嘿吼嗨，以厚厚亮亮的
厚海与黑潮，后花园后海洋的
白浪好浪，后浪，后山厚山厚土
厚望与远望，以远远的眺望
以呼吸，以笑，以浪，以笑浪
以喜极而泣的泪海，以海的海报
晴空特报，以浪……

二〇一四

注：阿美族语 Widang（朋友），有人音译为“以浪”。阿美族人歌舞时常发出虚词的“嘿吼嗨”、“后海洋”之音。白浪、好浪，音似台语“坏人、好人”，台湾原住民族每称汉人为“白浪”。

台东

海和花莲的海没有拉界线
味道，比花莲野
天空（和人行道）比花莲空
核废料比花莲挤
美丽湾比七星潭弯
山的逻辑和花莲一样直
火车票抢购速度比花莲慢
阿卿嫂洗澡没关窗消息传播和花莲一样快
黑道漂白比花莲单纯
纵谷纵容油菜花炫耀金黄程度和花莲一样夸张

二〇一四

注：台东，在花莲之南，其“美丽湾”为与花莲七星潭一样濒太平洋之海湾。

辑七——花莲蓝

一百击

1

我

食我

餓！食我

希声／牺牲

公开的餓意

食言之寺而肥

咬巨大空洞成材

杀时间烹时间之书

目光迟滞翻风景成页

宇宙无管理员的图书馆

冥王星由行星矮为小行星

它曾是书坊悬吊于我的冥想

耳垂此际垂挂的是银色的思念

广大银河系对储存于记忆的银行

你记忆银行里微小款项利息的追讨

风如是，略带着抒情风，从风景脱身而出

从空洞的午后把银色的木瓜籽吹洒向你

暮春之时，春服既成，冠者五六人童子六七人——

少年吔来坐，来唱歌跳舞，三温暖你的五官四肢

颈以下脐以上是积雪的寒带，以下是躁郁的热带

她的体温是栏杆，倚你于时间的断崖如特技表演者

穿地中海顶整座帕特农神殿而出，多立克柱式之至极

破产的希腊重新又获纾困，群星泅游于大海里不腐如泪

啊，讴歌我们以云朵以翅为帆，以浪为左倾右倾议员的鸥盟

德莫克拉西。宽坦的海。宽坦的食欲。更宽坦的海。更宽坦的食欲……

公开的音乐。大音希声。大象无动物园。无政府乐团。无国界厨房……
十三种煮鸥影的方法：大鸥无形，至大、至小的 O 型。Ω。O, my God
神借你神奇的锅子，做为打击乐器，上界的一击，人间，人间
人间的我鼻尖的一百击。体会，玩味，辨认苦与辛苦，甘苦
与辛苦，辛苦与幸福，时隐时现的万种鸥影……如果你是
欧罗巴，如果我在亚细亚，品尝距离的肌理，三杯鸡
一辈子禁忌。翻锅掀盖，筷匙铲杓齐击，击毙定义
象，如是从象形滑行出，成为音乐，成为滑翔翼
余味犹在的万种鸥影，食我，食我，无恶意的
公开的饿意，公开的音乐。希腊之声。荷马
盲瞳里千万沙粒般闪闪发亮的明喻
无光之目翻崎岖海岸为史诗目录
小亚细亚，联结欧亚书架，联结你
与我的吊饰。以小吊大，以词库
丰富联盟行库的撙节纾困
大音希声。牺牲，以节制的
诗的音量，静默的喧闹
无人太空船遥传回
冥王星心形地貌
只要一颗心在
是吧，无人能
宣称其不
堪一提
或一
击

2
他
人也
人也，他：
他和他和
他……他们如果
齐涌向地球的
一边（譬如说南边）
可能就构成了一个
男半球。他们绝大多数
时候是一元论者，或者是
1 元论者（有些不免略为右
倾或左倾），总之他们一字坚持
下半球思考。1 是最重要的关键
字：1 生悬命。1 路走来，始终摆荡如
1 。1 心 1 意营造 1 流人夫人父人子
形象，1 不小心露出马脚也要 1 马当先
硬凸到底（“硬”是男半球最高美德，凹属另一
半球），在 1 中各摇，1 分为二顾左右而言它或
她或他。他，也叫你或我或我们或人们。人们力求
表现，常常犯错，常常说谎，但总是说：人也，谁不都是
这样。这就是做为他的好处：人也，谁不都是这样？谁叫
他就是人也。人之初，性本善，初之后自然就不善了。但偏
偏人们说要坏才有人爱，这真是太有趣，太可爱了。但他有
一个缺点，有一个矛盾，就是排他性很强。他，就是人也，怎么还
排他呢？那不就是变成“自排”车了吗？他妈的，你解释给她们听听

她们最近流行出来选领导（并且当领导），说：他是一家之主，我们
是一帮之主。她们不是谁的另一半。两个半球在身，她们自身
具足，自己就是完整的全球。她们自然有她们独有的特色
譬如奶，譬如媚，譬如娇，譬如嫩，譬如婵娟婆娑婀娜妖娆
譬如妆……说的好！谁不喜欢看媚媚的，妆扮美美的美眉？
让她当你的妻，你的妾，你的妃嫔，你的姊妹，你的姘
头，你的婊子，你的娘（除了前面那位姗姗走来的
胖大婶）……妙哉，女权出头，吾人甘迎母仪天下，为
其奴，其婿，其嬲，其娱，其助选委员（你嫉妒吗？）
她们被称为“第二性”，她们不在乎被贴上
2 的标签，不排斥二元论，谁喜欢 1 柱
擎天的候选人？阴阳雌雄牝牡谁先？
凹凸谁深，有容乃大？柔可以克刚
包容，让硬动粗的他终于变软
她们当然也有缺点，也使奸
也媾嫌，娴言娴语中夹带
闲言闲语。垄断了巫婆
尪姨祸水等行业和
相关童话故事与
连续剧发语权
她断不是他
但亦人也
她，女也
女也：
她

二〇一五

四十击

1

埃

土矣

古埃及

用金字塔

换土石为金

王朝银行存

时间于空

间诱人

彳亍

行

2

動

重力

何如轻

移心事让

心散如阡陌

我的游耕学

是潮湿的

水到成

心田

思

3

妙

女少

吾老也

五口亦难

言时间之妙

亮而为时光

我们闇察

其音每

日音

暗

4

晴

日青

所见皆

靓心青人

青情人其倩

虽不能餐幸

仍有短笔

苦揣长

舌甘

甜

二〇一六

金阁寺

鈐
鋨鉝
鈭鉯銓
鍂鈡鈫鑽
釟鈁銡釷銘
錵錡⿰釒艾銆鉵釺
鐘鐺鋠鉸鉿銪鉧
鈈銠鋃錋銅銼鋹鈒
鈔⿱壮金釘鍒釹鍆鈉鉷鑠
鋨銶銛釾鐥⿰釒身鈊銨鈤銧
鈅鏵鋿⿰釒存釥釧鉑鏕鉻錞鎚
錛鑠鈽⿰釒衣⿰釒寬鉑鍬銫⿰釒任鉬鋜鉇

二〇一六

注：此诗名“金阁寺”，全诗各字刻意贴金。“去金”后字意如下——“今我立此，以全金中文赞八方吉土，名花奇艾。百虫千童当辰交合，有母不老，良朋同坐，长及少，壮丁、柔女门内共乐。我求舌牙善，身心安，日光月华常存，小川、白鹿各享追奔乐，布衣宽白，秋色任目，足也。”

扬州大明寺平山堂遇“风流宛在”额

风一吹，你那

一点

（要黏不黏）

喷出来的东西

似乎就不见了

远山来与此堂平

凸顶的山头

秃顶为

平凡的 凵 槽

你多希望

一日

一夜

一世
一代的
风流
永在
于在

在现在
在每一个
如泡
如电的
凵 世代

二〇一六

注：扬州大明寺平山堂初建于宋庆历八年（1048），时欧阳修任扬州知州。正堂左边有“风流宛在”匾额，出自清光绪两江总督刘坤一之手，四字中“流”字少一点，而“在”字多一点。堂北另有清人林肇元所题“远山来与此堂平”匾。

敬亭说书

相看两不厌者
唯有眼前的敬亭山
与我

相听两不厌者
唯有敬亭与我，我
说给我自己听（至多免费
默许我头上好事多姿
之柳）而且百听不厌

敬亭山脚下敬亭说书
我的脚本只有一个
非写在鞋上袜上
更与那牵拖二十五史如
裹脚布的相声杂嘴
大相径庭

我借手语唇语带电的目光之语
花语耳语——
你“听说”过吗

我用听
说书，我听即我说

我听世界的河流
人间的河流
餐桌赌桌病床婚床枫叶烽火蜂巢上
深浅明暗凉烫，宇宙金色银色绝色
曼陀罗花色的河流，带着咆哮、铿锵
铮琮、琮琤、悉索、窸窣、沙沙表情
流过我耳朵的峡谷，化为
飞鸟峭壁雨林星尘断崖飞瀑
流霞钟磬万般声籁

我的聆听即歌唱，你们的
也是，如果你愿意倾耳一
听，听你自己——
而不是听我。妙的是
你们喜欢听别人，特别是
听我，我也
听来听去只是在听
“我”

眼前柳影摇曳的这座

敬亭，全无困惑

它闲逸地听我

仿佛听它自己

我听到它听到我听到我

胸壑间响着的一条小溪

莲步轻移的白衣女子

行走水上，手持香水瓶

忽然间转身凭空接一细柳

将柳枝细插入瓶中触水

滴滴溅洒小溪，忽低

忽高，忽远忽近（啊

她柳枝婀娜柔媚屈仰，我

头上柳影亦不自禁顾盼摇晃

恍惚，如在梦中）

瓶水与溪水相遇处奇妙

点描出诸般光彩，仿佛百年后

你们在远方法兰西画家画布上

所见。她俯仰转旋，愈旋愈急

仿佛水上芭蕾女伶倾全部美的

意志展开最后舞跃，屏息连续

转体，令水瓶分身幻变（仿佛她

有千手）香气四溢，大小色点

缤纷射放，溢出画面

在我舌上迸出一朵朵莲花

灿然矣，敬亭山前
旁若无人的自言自语

风这时暂停，让亭外柳影
立正片刻，向我
也向它自己敬礼
让这观音、听色
敬万象众念锱铢
珠玑语字的敬亭
留名于我的舌端

二〇一七

妈阁·一五五八

有三岸的歌／之川，比一星系广：／
歌人死有时／歌之船逆时间静／
航，我们全听、看到

两年前我们载着象牙、胡椒、白银的船
辛苦靠岸后，我们问立在岸边一座
小庙前的人们此处何名。“妈阁！”
Macau？这陌生但响亮好听的名字
你们也许会称我贾梅士，或卡蒙斯
从里斯本，到佛得角，到印度果阿
到这里，我的名字叫漂荡或永不止息
就像眼前这不停流向南中国海的水
逝者如斯夫（也许有人也曾如此说过）
不舍昼夜，你们看到我航行地球上
越欧洲，非洲，亚洲，连结东西半球
但我旅行于时间的地图上，向过去
向未来，我以及我一路书写的那首
彰显葡萄牙勇健，高贵，大无畏
国魂的长诗《卢济塔尼亚人之歌》
（我视它为一条金沙如形形色色
元音、子音闪烁跃动的黄金之河）

还有那些情趣、味道缤纷歧异如
不同群岛上发现的不同香料香水的
颂歌、牧歌、格言诗、五七音节诗
十四行诗（我为我所爱的中国姑娘
啊，缇娜妹，写了许多首）……他们
后来说“妈阁”原来是祭奉那出生时
不啼哭的女子，那叫阿妈的女神之庙
说她行过水上，逐波而去，让自己
成为随不舍昼夜的水流，随时间
不断再现的抒情诗兼叙事诗。船行汹涌
惊险波涛，有她登樯竿为旋舞状，即获
安济……在罗卡角，我说，陆止于此
海始于斯，但其实所有的海浪都从
我的笔端，从我无所不在的诗的岬角
出发。我在摩洛哥战场失去我的右眼
但朝右，朝东，更多新的眼睛等着
与我相接合。我的同胞，从马六甲
从这里，向东续航到那美丽蓊郁的岛
惊呼“福尔摩莎！”啊我也要去那里
那里，我知道，也会有一条黄金之河
Rio de Ouro，里奥特爱鲁，鲜活我
的眼，只要诗人如我的笔桨比划过
春江潮水连海平，滟滟随波千万里

这海上明月，多么像，又多么不像
我家乡柯茵布拉小夜曲中的月色啊
那时间中流动的水文，因为诗人们的
咏叹，因为爱与渴望，成为同一卷
翻不尽的烫金的卷轴。你们说，你的诗
你的故事，多巧妙、曼妙地映照了半个
世纪后从中央帝国到此一游的剧作家
他用同一条河的金沙，印记让他大开
眼界的你们的华服商舶奇珠异宝……
明珠海上传星气，白玉河边看月光
他跟你一样，一见钟情爱上了异国的
少女——啊，不是中国姑娘，是比
二八年华还幼齿的你的家乡妹！
花面蛮姬十五强，蔷薇露水拂朝妆
尽头西海新生月，口出东林倒挂香
是的，那倒挂鸟张尾喷放的香气
我也曾在马六甲闻过，并且把它偷
藏在我爱过的每一个女子的腋下胯下
藏在我每一首长诗短诗的字里行间
暗香四溢，滟滟发光的黄金之河
里奥特爱鲁，Rio de Ouro……
逝者又复活者如斯夫，不舍昼夜

二〇一七

注：妈阁，即澳门。据说十六世纪葡萄牙人登陆澳门的地方在妈阁庙（妈祖庙）旁，葡语“Macau”（澳门）即“妈阁”转化而成。贾梅士（又译卡蒙斯，Luís Vaz de Camões，约1524—1580），葡萄牙最伟大的诗人、冒险家，1556至1558年间居留于澳门。明朝剧作家汤显祖于万历十九年（1591）由南京迁谪广东途中曾至澳门游历。我的家乡花莲有旧名“里奥特爱鲁”（Rio de Ouro：黄金之河），殆因十六世纪葡萄牙人发现流经太鲁阁峡谷的立雾溪产沙金而来。本诗前之引文出自拙作《五首根据拙译辛波丝卡诗而成的短歌》之五。

朱安

我是朱安。
树人先生的老婆
缠脚，不识字
但我识得他
洞房花烛，一夜
一世无事后
识他为我永远的先生

家有一女，即是安
他如是说。
婚后三日
离我去日本留学
他把我当作古董
放在家里，只看不摸
当他在京城的茶馆
议论时事，谈革命
良心，忧国忧民
当他去大学讲课
和新派女学生调情解惑

他写被欺负的阿Q，孔乙己
青梅竹马的闰土，祥林嫂
奔月的嫦娥……
但没写过我一字
因为我不识字
他为从玩偶之家出走的
娜拉开示命运，教大家
认识费厄泼赖，fair play
（公平玩？好好玩？）
啊，我多希望他玩的是我
而不是别的女人

我三从四德，外加无才之德
是前朝、旧时代遗物
也是先生今生的活遗物
一生被他所遗忘

他或也有想到我，喜欢
我的时候，喜欢我的手
为他端来的热粥糊和我
从八十里路外稻香村买回的
糟鸡，熟火腿，糕点或者我
托绍兴娘家小弟去东昌坊口

咸亨酒铺买来寄给我磨碎后
煮进粥里的盐煮笋和茴香豆

家有一女，即是安。
他安我于室
自己不安地流落他地与
识字、识时务的她同居
狂人日记。朝花夕拾。
野草。彷徨。呐喊……
我无一识得
但我的心也在呐喊

我生是鲁迅的人
（虽然不是他的女人）
死是鲁迅的鬼，被
他的女人强以鲁迅精神
以鲁迅的魂
匆忙收殓，埋掉，拉倒
连墓碑都没

我是朱安。
我怎么会如你们所说
一生不安，诸多不安

我求用好寿材，与
先生合葬而不可得
但至少许我回到
广平的大地——
广且平的大地啊
我怎么会不安？

二〇一七

注：朱安（1878—1947），浙江绍兴人，1906年奉父母命与小她三岁的作家鲁迅（周树人，1881—1936）结婚，有名无实。鲁迅1927年与女学生许广平（1898—1968）同居，至1936年逝世于上海止。

三月三

三月三
三星在天

三月三
三星在户

三月三
我们在水边沐浴

衫约衫
褪，以春光为春服

3 悦 3
串，串成光滑躲亮的 8

奔飞飘荡（啊于是时也
奔者不禁……）

比乱飞的群莺高
比江南的草长

三月三

3 和 3 交鸣成一串串的风铃

8 8 8……

二〇一七

烈妇裂衣指南

以四維羅之

以秀言誘之

趁良月朗润夜

双双车辍密林外

借寺旁言詩之名，双声

叠韵，行林下示禁之实：

“暖男讷讷念妳奶，

拿捏挪弄脑难耐……”

山端而立，心正怔忡

伊人口白心怕

又回吾言語如下

“懊恼徒凸凸，

悄悄盼攀爬。”

则知其口不否

心亦恋。此时

虽色丰艳于前

手莫乱摸

口勿乱吻

必言皆諧

去其心之怯

待心有所欲

慾火烈烧

裂其一列列矜持之衣

口垂唾，饕餮之

包食飽也！

二〇一七

有人

有人在幼年切西瓜
有人在左臂切格瓦拉

有人在美国梦里梦遗
有人在中土史里流泪

有人红卫兵
有人青椒炒牛肉

有人牛棚
有人马云

有人慰安妇能谅
有人拒绝负能量

有人普罗众皮资骨
有人宽铁红粉单衣解惑

有人来电显示
有人无故失踪

有人每每政治正确
有人偶然误入别人妻子内裤

有人美白如国歌歌词
有人轻、薄如边塞诗

有人屌得不可一世
有人欲屄上梁山而不可得

有人登高盛叹千里冰封大好河山
有人微软一指按赞暗夜怯保手机小江山

二〇一六

米

米

方形
风车

方有所
思水和
温度就

齐涌过来
给它厚度
黏度成为
可吃的饭

饭饱力足后
便可以大大
方方又四四
方方写一首
得体又正经

内容与形式兼
备独特又正常
含蓄又露出马
脚口水唯心又
违唯心想念又
怨叹你的诗：

生米既已煮成饭
粒粒入肚粒粒转
旋发酵口干舌燥
身体渐暖思念也
越来越膨胀，你
为什么不赶快过
来让我喝水喝汤

二〇一七

雨：最美丽的银币制造机

雨雨雨雨雨雨雨雨雨雨雨雨雨雨雨雨雨雨雨雨雨雨雨雨雨
币币币币币币币币币币币币币币币币币币币币币币币币币
⺀⺀
⺀⺀
⺀⺀
⺀⺀
⺀⺀
⺀⺀
⺀⺀
⺀⺀
⺀⺀
⺀⺀
⺀⺀
⺀⺀
⺀⺀
⺀⺀
⺀⺀
⺀⺀
⺀⺀
⺀⺀
⺀⺀
⺀⺀
⺀⺀
⺀⺀
⺀⺀
⺀⺀
⺀⺀
⺀⺀
⺀⺀
⺀⺀
⺀⺀

二〇一七

晚课两题

1 翻译课

美的罪过是永恒的
玩具：我有罪，我
背错单字，我记错
年龄，分不清济慈
叶慈，现在式过去式
我为了雅，为了美
为了达我所欲达
而背信，毁义
我把稍纵即逝的飞霞
误译为树荫下的盘石
我粗心因为惊心，我
大意因为不敢大义灭亲
除三害，除至亲的自己
我弄错词性，把握不住
迷逃或蜜桃的本质
我咬了一口又一口桃
偷了它的香，吃了它的
色，始终没有把味道
翻出来。我重修翻译：

美的罪过是永恒的

成人玩具——

A sin of beauty is

a toy for adults forever.

2 自修课

自己做自己的，不要

吵到别人

不要吵到

帮仲夏织听觉的窗帘的瀑布

不要吵到午后水边偷情的

两只蜻蜓

不要吵到

苦思改蛙泳为蝶泳的青蛙

不要吵到

静静准备自学能力鉴定的自行车

准备插班考的迷雁的航班

准备跳级入禅学研究所的蝉和芭蕉

自己修自己的俳风

不要吵到晚风

二〇一五

注：诗人济慈（Keats）有诗句“A thing of beauty is a joy forever.”叶慈（Yeats），又译叶芝。

无言歌

牙痛与新月一夜阵阵增辉
老妪枯指下少女的琴音流泻

病后的宇宙坩埚，绿豆稀饭上
一点点细砂糖：足够甜蜜

啊音乐，音乐！不插电，从
一颗心荒废的杏核里重新回味

曾经长舌搬弄土星腰环造型色泽质地
如今但求短指偶触衣摆风中轻曳

还有你，还有你！还有格物的
云云游的僧衣里被掰开的破格的蓝

一只不知名的鸟（它也不知我名字）
推来几道新出厂的可折式音阶

一半为了引诱我们爬上树找它
一半替换季大开张的春天做广告

二〇一七

礼貌

从家门口左转
驶上高架桥
光洁，条状的云
为眼前中央山脉
蓝西装结了一条
飘撇的白领带
我竟不知它
这么彬彬有礼
注重仪表
惭愧自己没有
时时把一团
皱了又臭了的
心情洗干净：

心情是内衣外穿

让心情漂亮
亮相，是对
世界的礼貌

二〇一七

注：飘撇，台语潇洒、帅气之意。

风景 No. 3

画面上看到的是童年小学
后门外几棵小叶榄仁树
树叶是时间的脚步
作为一棵从初春到仲春
从仲春到春夏之交每日
在自己身上出境入境的树
它从不问要出发去哪里
风吹时左边枝桠上一些片
鲜绿的树叶轻轻晃动压过
右边枝桠上一些片树叶
又被右边枝桠上一些片
树叶轻轻晃动压过，一叶
一叶，像一夜夜他轻翻到
她身上又被轻翻上来的她
轻压……啊几乎是出身
不高的它们一生所能抵的最
高点了……从不问要
出发去哪里，两三棵小叶
榄仁树，没穿过小夜衣
没唱过小夜曲也许也不反

对被叫做小夜榄仁或懒人

二〇一七

与 AlphaGo 对弈

1 持 G 子的 AlphaGo

0 0 0 0 0 0 0 0 0 0 0 0 0 0 0 0 0 0 0
0 0 0 0 0 0 0 0 0 0 0 0 0 0 0 0 0 0 0
0 0 0 0 0 0 0 0 0 G O 0 0 0 0 0 0 0 0
0 0 0 0 0 0 0 D O G O 0 0 0 0 0 0 0 0
0 0 0 0 0 0 0 D O G O D 0 0 0 0 0 0 0
0 0 0 0 0 0 0 0 0 0 0 0 0 0 0 0 0 0 0
0 0 0 0 0 0 0 0 0 0 0 0 0 0 0 0 0 0 0
0 0 0 0 0 0 0 0 0 0 0 0 0 0 0 0 0 0 0
0 0 0 0 0 0 0 0 0 0 0 0 0 0 0 0 0 0 0
0 0 0 0 0 0 0 0 O G O D 0 0 0 0 0 0 0
0 0 0 0 0 0 0 0 0 0 0 0 0 0 0 0 0 0 0
0 0 0 0 0 0 0 0 0 0 0 0 0 0 0 0 0 0 0
0 0 0 0 0 0 0 0 0 0 0 0 0 0 0 0 0 0 0
0 0 0 0 0 0 0 0 0 0 0 0 0 0 0 0 0 0 0
0 0 0 0 0 0 0 0 0 0 0 0 0 0 0 0 0 0 0
0 0 0 0 0 0 0 0 0 0 0 0 0 0 0 0 0 0 0
0 0 0 0 0 0 0 0 0 0 0 0 0 0 0 0 0 0 0
0 0 0 0 0 0 0 0 0 0 0 0 0 0 0 0 0 0 0
0 0 0 0 0 0 0 0 0 0 0 0 0 0 0 0 0 0 0

2 求让三十八子

法兰西饭店

白色浴室外

隔着圣丽莎小巷

教堂钟楼

每隔一刻钟响起

当　当　当　当

异乡人当安心

3 求让二十七子

共和广场

日影　　　　烛影

人影

有三重光

给美　给恐惧

给回归日常的

眼睛

4 再求让二十七子

陈黎在巴黎

星海棋盘上

远距落下

清晨

微明的

一颗　不完整的

钮扣

5 求让一子

狗狗狗狗狗狗狗狗狗狗狗狗狗狗狗狗狗狗狗
狗狗狗狗狗狗狗狗狗狗狗狗狗狗狗狗狗狗狗
狗狗狗狗狗狗狗狗狗狗狗狗狗狗狗狗狗狗狗
狗狗狗狗狗狗狗狗狗狗狗狗狗狗狗狗狗狗狗
狗狗狗狗狗狗狗狗狗狗狗狗狗狗狗狗狗狗狗
狗狗狗狗狗狗狗狗狗狗狗狗狗狗狗狗狗狗狗
狗狗狗狗狗狗狗狗狗狗狗狗狗狗狗狗狗狗狗
狗狗狗狗狗狗狗狗狗狗狗狗狗狗狗狗狗狗狗
狗狗狗狗狗狗狗狗狗狗狗狗狗狗狗狗狗狗狗
狗狗狗狗狗狗狗狗狗人狗狗狗狗狗狗狗狗狗
狗狗狗狗狗狗狗狗狗狗狗狗狗狗狗狗狗狗狗
狗狗狗狗狗狗狗狗狗狗狗狗狗狗狗狗狗狗狗
狗狗狗狗狗狗狗狗狗狗狗狗狗狗狗狗狗狗狗
狗狗狗狗狗狗狗狗狗狗狗狗狗狗狗狗狗狗狗
狗狗狗狗狗狗狗狗狗狗狗狗狗狗狗狗狗狗狗
狗狗狗狗狗狗狗狗狗狗狗狗狗狗狗狗狗狗狗
狗狗狗狗狗狗狗狗狗狗狗狗狗狗狗狗狗狗狗
狗狗狗狗狗狗狗狗狗狗狗狗狗狗狗狗狗狗狗
狗狗狗狗狗狗狗狗狗狗狗狗狗狗狗狗狗狗狗

二〇一六

注：AlphaGo（阿尔法围棋、阿尔法狗），Google开发的人工智慧围棋程式，2016年3月与韩国九段棋士李世乭对弈，连胜三局。写此诗时我受邀参加法国“诗人之春”活动，住圣丽莎教堂旁巴黎法兰西饭店，距共和广场不远；2015年1月和11月巴黎两度发生恐怖攻击事件，无数民众涌入此广场献花、点烛纪念。拙诗《岛屿边缘》开头谓：“在缩尺一比四千万的世界地图上/我们的岛是一粒不完整的黄钮扣/松落在蓝色的制服上”。

蓝色一百击

蓝。1

花篮。2

花莲蓝。3

花莲蓝调。4

花莲蓝调动。5

花莲蓝调动山。6

花莲蓝调动山岚。7

花莲蓝调动蓝花篮。8

花莲蓝调动蓝浪花篮。9

花莲蓝调动蓝浪花灌篮。10

花莲蓝调动山岚海澜如常。

花莲蓝调动山岚海澜，神出神。

一时难解出奇沉默便秘而不宣。

美神裙下春光溢出篮外一览无遗。

透明神棍失手落凡接二连三响亮海。

有幸得窥兰波神采飞溢色兴庶乎通灵。

大宇宙鼓乐敲打做神的乐器仿佛若有声。

凭借无形箜篌诗人弹出香气贺彼石破天惊。

也让专注聆听的处子们和花瓶暗中酝酿破身。

舌头储存苦难和缄默往往为了面虚及时的一叹。

像太空船像流星像橡皮擦慢动作刈过默片的黑白。

收获金黄的语字的稻穗，即便一次，为向晚阡陌的稿纸。

捧早晨的蓝铃花于掌心让花瓣成为心眼通向体内峡谷。23

在时间的棋盘上对弈你的皇后他的骑士你的花心我的眼。24

花莲蓝不曾调动爱与嫉妒，渴望与猜疑，花莲蓝调青青轻轻唱。25

诚然是举重若轻的轻骑士边骑边吹风笛边下载风的游吟歌手。26

用偶然拔高的花腔吹散愁云惨雾造就你们每日的花莲蓝花莲郎。27

孤独的时候也许是花莲狼，嗥叫在峡谷夜空的旷野，无人听的黑胶唱片。28

峡谷的古道有死鹿，有太鲁阁族女怀春，勇士以安眠药喂其猎狗后诱之。29

月光沿峭壁逡巡张开的像诗经爱经在液晶前那些滴落的莫非就是时间。30

连三晨，高文爵士与绿骑士化身的堡主其夫人在客房以头韵互撞爱的诱惑。31

星空还是千年前星空，客来峡口客栈小住，立雾溪不说葡萄牙语但滚动如葡萄。32

中世纪英文如果换做当代英文或膺文，仿似以贋文仿制的你啊该如何双声叠韵。33

劳丽人忍谤频相伴，卸绿肩带昵代信物，恋短忘长吾当惜红粉嫣笑如荣誉星辰礼度。34

字典里的假面舞者：靦靤靥；素颜后：見包厌；我情愿你永戴假面舞弄我而我单凭伪善干。35

汝泪潺潺淋流注溪注湖洸漾润涐涤浊清泥浮涐激涐波洄澜涌潋滟活涐沃涐（水中我也）。36

大写的康德 Kant 和小写的坑 cunt 孰重要，康德坑前思索，穴 hole 即全体 whole，我湿故我在，通了吗，进来。37

在好雪和好孤独之间神为我们选好 / 女子，像雪地上读过的最好的鹿的蹄印，好过好政府的好。38

雪替你在雪中思索生之虚幻，冷替你清洗不必要的热情，以一票票雪花的公投让白完全执政。39

吃葡萄不吐葡萄皮喝葡萄酒要用夜光杯但你的眼睛是紫深的玻璃葡萄不会因过重的凝睇爆裂。40

出门遇雪在远方友人传来的雪景照你被雪意或睡意死意所罩还没按赞发现它也许也是生之入门。41

花莲蓝不调动死与生少年们在街头茶铺约会粉红的吸管吸起粉圆黑珍珠从少女的唇仰插进黑天空。42

此次一别也许累月经年，为此我（用微信）殷殷问，要送你何物让我如在你眼前，让你度日非如年，而如秒如分。43

愿一年十三月读十三经，最长的一本经写在浪颠，晨课晚课倩风翻页，闪烁的星光为梦的封面烫金诱你伴读。44

着凉了这偌长的天阶从晚唐斜垂到黎明前连锁早餐店，我们秉烛秉扇依两三星光溜溜滑下，凉啊这如水夜色。45

但我们在热带，更惨的是彼此双重的热情，热啊热啊这除了热烈的身体一无所有一无所著的日子更何况她是辣妹。46

我说山谷兄啊峡谷路仄要严守规矩亦步亦趋：邀遊迤逦迂迴道，忘情恐惹恶急惩，春晴晖暖早晚明，诙谐说诗谢谄语。47

媚啊妹啊你的眉啊灭了我的寐，媚啊眉啊你的煤啊黑亮了我的没，我没我没，我什么都没，你的一枚眉，美眉，没了我的没。48

兵败彼邦别宝贝，频频跑趴拼品牌，密谋名门妙买卖，肥肥方法翻 fifty 番，单刀抵挡敌导弹，推特谈妥忒甜头，诺诺诺诺耐你拿。49

宝宝抱抱，我没钱包月，别报告老鸨，我可以用谎言包日，用花言巧语包黑夜，但没办法给你劳保，唯一保证：我愿饱餐你的秀色。50

一直想起二泉映月三人谈判四个钟头五经尽引六法全书也翻七夕还我全家幸福吧八弯九拐你就是死缠十恶不赦啊贱人。51

在安徽桐城中学见校园短墙大字刻有“桐中敲铜钟童男童女同上学”，你转身入厕，小解后徐步吐出“和尚搧荷扇河南河北合下流”。52

男同女同同我人，同居同婚通通行，字典刚教肛交词，周遭痛知同志情，断袖断背断魂断然难断，有法有义有爱有望永有，啊世界大同。53

懒懒拦路聆蓝调，凌乱拉弹料淋漓，罗列兰陵玲珑面，裸露榴莲另类香，屌丝搭档大胆颠，道德断电淡淡唱，当代当地当然吊儿郎当蓝调。54

雪，蓝蓝，女诗人，曾对我说，你必须一见，置身一片纯白，让冷撕裂紧身衣，撕掉诸般领袖裤袜，丢进去白雪牌洗衣机，连你和黑雨林一起洗净。55

雪雪雪雪雪雪雪雨雨雨雨雨雨雨羽羽羽羽羽羽羽彐彐彐彐彐彐彐三三三三三三三二二二二二二二一一一一一一一

。56

洗，用风，洗脸和丢脸的一切，用雨，边洗边裹住你的身体，成为透明、防雨的雨衣，用栀子花的气味，在夏天，用桂花香，洗最薄最薄一层记忆的奶酪。57

洗手终夜血犹在，马（克白）妻心上Mark难白，雪耻一生耻如何，心结如屎紧黏耳，欲将寸金易寸阴，寸辰难躲此辱影，千金能买洗衣机，无机可洗耳屎衣。58

此刻跨年，一根黑色依稀在的灰发连结了我的老、少年，而非二〇一六和七，一个老少年，一个停格的顽童，6和7，他的烟斗和手杖，我的左轮和匕首。59

晨起在家洗脸，觉自己是草率的昏君，无视于自己面容的江山，懒兴剃胡刀干戈，疏于巡览眼鼻额疆土、治理皱纹，总之，一个无为的昏君，在流亡的生途。60

江南可采莲，莲叶如何田田？我说是一亩一亩的水，你说是一面一面镜子的莲，我说简单说是水水水，你说简单说是莲莲莲，那简单说就是田田田田田田。61

刀铭练习写箴铭，箴铭练习写钟铭，钟铭练习写陋室铭，陋室铭练习写墓志铭，墓志铭练习写郭泰碑铭，郭泰碑铭说为吾德按赞，请认明品牌，我不是郭台铭。62

青青陵上柏，今日良宴会，西北有高楼，涉江采芙蓉，明月皎夜光，冉冉孤生竹，庭中有奇树，迢迢牵牛星，回车驾言迈，东城高且长，驱车上东门，去者日以疏，生年不。63

和尚为什么当和尚，和尚为什么搧荷扇，蓝蓝到底有多么蓝，田田究竟有多少田，主教为什么学猪叫，想睡因何睡不着觉，银河疏且浅，光一夜输给人间多少银钱。64

衣服如诗分新旧，旧衣也是当时新，斯人斯疾有多种，新诗旧诗同一艺。陈词驰骋仍跳脱，格律力革每惊耸，谐仿坊鞋变新步，点睛经典固特异，貌似时髦啊老猫对镜。65

乱弹听说亦蓝调，昆曲之外新戏腔，激烈喧腾在台湾，如我摇滚花莲蓝调，乱弹乱舞乱中有序，乱敲乱唱自成一团，乱点鸳鸯杂交配，乱出醒世东方蓝，噫，乱曰：都来乱吧。66

为万物命名、为草木鸟兽剪影存神的诗人同行们如果许我借他们的名命名，我为花事尝试如下：金菊炫黄山谷道，桃李商隐月色中，茫眼艰辛弃疾难，幸睹杏花白居易。67

也请中外四位女诗人、一位女画家挂名入镜，助我剪辑诗的微电影，七言四行，五位大家，原谅画面太挤了：圆月如李清照溪，波光耀鱼玄机明，如何香凝寒寺外，千代尼僧冰心在。68

天橘亮，海醒了，早餐蓝，风桌布，光果汁，你也醒，鲸歌唱，面包香，蜂写字，花粉纸，唇之书，帆早祷，白牛奶，吃和吻，沙之盐，沙之糖，你脱衣，裸之果，你穿衣，水微笑，浪手语，听和说，你出声。69

远山的升旗典礼开始了，校工把云梯推来了，鼓号队来了，牧师，鸟和消防队长也来了，穿着水手服的水向风敬礼，举手礼，轻轻举起它水的手，风也有风度的回礼，校长马上来了。70

敬礼解散丢下书袋书蠹后，整个学原变成一座棒球练习场，我们飞奔其间，投手兼捕手，暴投乱投……你投我以木瓜，我投你以心形的卷积云，你捕蜻蜓 po 上网，我捕到你的耳语娇喘。71

变变变，变浮生为潜水艇与蝶翼，静动竞动，变花果山为复叶星宿海，罗迷鸥与朱丽叶、橄榄叶于朝圣路洗星尘，变外野手杨牧的《海岸七叠》为母羊牡羊目扬模样迷死牧羊女牧羊犬。72

但我上网查询他不是牡羊座而是处女座属龙不属羊但有时翻读诗人如他和我的诗特别是没标点的诗还是会帮助吃安眠药无效的人数绵羊睡觉但因爱辗转反侧者只能鹿跑。73

一个语字在纸上轻响，自良夜奔出的小鹿在你心头乱撞，踏牡丹亭纷乱花瓣而来的小快蹄，以小快板，突围你银帛般怯张的思想，我愿为纷纷落红的透明蹄印哭泣，因为今夜这样美丽。74

这色彩与气味交鸣的夜何其芳啊，遗我于猎户座余光中，我甘心被他竖琴般弓上犹未发的箭所猎，震慑于一根症弦，废名隐身黑暗的绿原，等你用花香诱我，啊半朵郁金香已足，闻一多矣。75

小友茱萸诗通古今，见我以上诗砖慷慨回我茱萸风珠玉多串，有“田园将芜兮胡适之，卸下半农身分重新作人”，我夺胎为：伶倏双刘半农闲，邀游东周作人渣，跳读白贺玉溪诗，狂想三李金发飘。76

遍插茱萸少一人，少了谁，数数看，或是易容为近色的樱桃、枇杷，隐身于其他常绿带香植物，或被误作珠玉咒语或章鱼，或者装老或装贤以能诗的资深数学教授宣布：遍插茱萸少的就是他自己。77

晶亮的泉水，蹄音达达，透明丰美的蹄印点点溅向旅人肌肤，温柔按赞……在一间名叫“晶泉丰旅”的温泉旅店，温泉水滑如放空智慧的智慧手机液晶，手指机灵乱弹，弹指间在你狡猾妖娆水腰弹出火。78

世界是一本大书，周而复始的浪把重重的生命翻为一页页浮生，诗人在浪尖上行吟，轻盈的身影像标点，螺丝般试图锁住流动的风景，感谢那拔浪而起的惊叹号！让浮生忽然有了一座无任所灯塔。79

灯具的选择：宜谈情调情者，未必宜室宜家，光可鉴人，未必践踏得过矫情的贱人，灯罩罩得住一人份的家丑两人份的家务罩不住大富人家吹过来的雾霾，手电筒是必备的，还有附矿工灯的防毒面具。80

一夜晶泉，今生丰旅：山色在目，泉水心思各享追奔乐，今夜宴茱萸枇杷桃李园，曲水流觞，月光为杯，白也翰也操也植也丕也修也羲之献之在也。父子敌友跨世乱伦同欢，大家庭之旅，遍插茱萸少歌姬一人。81

温度是缸的心事，来到缸底，便知我的心事，知课本上刚教的打破浴缸让月光流出来之必要，知欣见众友敌肛娇或花烛夜扛轿之必要，只此一端即知异端之必要，更何况一端恰是另一端的另一端，另异端。82

记忆中的灯塔最抱歉的是雾大致色盲灯塔守误导，悬垂震旦的红星曾是少时向左看秘密的灯塔，或者那据说没让万古如长夜的孔氏日月，但孔乙己如何，他那受辱、愤怒，炯炯发光的双眼也是黑暗之灯吗。83

可叹者多矣，那在隙缝中负喜马拉雅山走索的替身演员。细影摇晃的影舞者。静动兢动，战战兢兢。必须不断吃减肥药。为了艺术为了爱。无入而不自得。无收入而仍得肩此任。相当于联合国守卫长或地球巡边员。84

我咏叹黑墨样的沉默。墨分五彩，风有五蕴，我们把虚无，或空，切为繁花圣母形圆形方形菱形三角形多边形刑期无刑无形……无形中帮吾等众囚杀无聊无边之时间，沉默的黑墨条，凭空凭默凭墨，在每张纸的童贞前。85

每次放风让我感觉到自由给黑暗色彩，给色彩光。淋上自由，公开的监狱即公开的游乐场，竞技场，运动会，我们的典狱长是如何深刻体认此而缓拘那些在草地上奔跑的小孩，假释那些无须担心活着不自由的死者。86

死者在我们的言词间举行运动会，我们的舌头再一次给他们美丽的弹跳姿势，自口水的跳水台，给他们高难度又曼妙精确的连续三滚翻，几乎是生前都办不到的了，力与美因重播更形生动，可惜播放器通常没通电。87

蝴蝶们从庄子的瓦盆飞出，栖息在荒木田守武十七音节的荒木上，伪装成枯叶冬眠，在春天，在夏天，当远行多年的曾祖母们陆续乘着歌声的翅膀从清澄的蓝色中回到峡谷时，摇身一变为枯叶蛱蝶，谛听山涧击壁鼓盆……。88

他们写电子邮件给朋友，寄到他们的电子邮址，如果他们死了，他们的电子邮址还在他们的通讯录，也许还通着电，但回电的绝不是他们了，这些悬空的闪电他们尽量避免触到直到他们也变成悬空的闪电别人避免触到。89

我们回复／转寄／删除这封／这些封电子邮件，我们回复／转寄／删除这封／这些封电子邮件，我们回复／转寄／删除这封／这些封电子邮件，我们回复／转寄／删除这封／这些封电子邮件，我们回复／转寄／删除这封／这些封电子邮件，我们回复／转。90

谁回我的诗以什么陆、海、空邮件，啊航空信封蓝的花莲天空蓝，谁回我的诗以什么陆、海、空邮件，啊水手衣服蓝的花莲大海蓝，谁帮母亲们到市场提菜，用一只花莲蓝花篮，谁回我的歌以母亲教我的歌，用天空、大海蓝的花莲蓝调。91

依呀呼嗨洋，玉里町来的女孩，你和你公学校昔年友达的友情一生不渝，在你生养我的花莲上海街她们时常来找你，一起谈笑，吃寿司，寿喜烧，一起吟唱童年的夕烧小烧，多漂亮啊你们的领巾，多有味啊你们永远永远的少女时代。92

她菜篮里，她脚踏车前篮子里，装的是她一个人勉强提得动的生活的辛苦。但一定还有什么在里面，不然为什么我看她一边骑车，一边左看右看远山和蓝天，差一点摔倒，啊那一定是她篮子里“美”的重量，让她的脚踏车始终有点摇晃。93

我的母亲叫我去买葱，我的母亲叫我去买酱油，我的母亲叫我做好学生，好老师，好父亲，而我，从小到大唱反调唱自己蓝调的我，在“好”下面加了坏，啊好坏的学生，好坏的老师，好坏的你的我的他的她的，啊，不算坏人的你们我们如梦人生。94

也许我们都是如梦似幻说书的柳敬亭，游侠髯麻柳敬亭，诙谐笑骂不曾停……姑听我假此“敬亭说书”：相看两不厌者，唯有眼前的敬亭山与我，相听两不厌者唯有敬亭与我，我，说给我自己听（至多免费默许我头上好事多姿之柳）而且百听不厌。95

敬亭山脚下敬亭说书，我的脚本只有一个，非写在鞋上袜上，更与那牵拖二十五史如裹脚布的相声杂嘴大相径庭，我借手语唇语带电的目光之语花语耳语——你“听说”过吗，我用“听”说书，我听即我说……（莫误我为客途说木鱼书，无中生有的缪莲仙）。96

我听世界的河流，人间的河流，餐桌赌桌病床婚床枫叶烽火蜂巢上深浅明暗凉烫，宇宙金色银色绝色曼陀罗花色的河流，带着咆哮、铿锵、铮琮、琮琤、悉索、窸窣、沙沙表情，流过我耳朵的峡谷化为飞鸟峭壁雨林星尘断崖飞瀑流霞钟磬万般声籁。97

我的聆听即歌唱，你们的也是，如果你愿意倾耳一听，听你自己——而不是听我。妙的是，你们喜欢听别人，特别是听我，我也听来听去只是在听“我”，所以盍听我只笔摇滚摇摆血拼瞎掰，像瞎子阿炳在映月的泉边，以叶影，以断弦的二胡，绝响人生的悲凉。98

蓝，花篮，花莲蓝，调动山蓝海蓝的花莲蓝，调动美仑山松影与敬亭山柳影的花莲蓝，花莲蓝不曾调动生与死，不曾调动渴望与失望，花莲蓝调青青唱，花莲蓝调轻轻调合悲凉与夏日海风凉，调合岛屿与历史，梦与地理，调动敬亭下的十日谭与七星潭。99

葡萄牙人来过的立雾溪，溪水滚动如金黄葡萄，里奥特爱鲁，鲁国鲁班鲁智深不曾见过的黄金河，挟金沙与化为风的厮杀一路摇滚到水蓝智深的太平洋，花莲蓝调不说风凉话，花莲蓝调歌赞海浪海蓝海风凉，啊洄澜，洄澜，感谢那拔浪而起的惊叹号！100

二〇一七

注：本诗写成于2016年终与2017年初跨年十日间，全诗共一百节，从一字到百字，共一百击；每节以一句点结尾，除了全诗末的惊叹号。（16）法国诗人兰波（Rimbaud）说诗人是通灵者（voyant）。（18）李贺《李凭箜篌引》有诗句“女娲炼石补天处，石破天惊逗秋雨”。（30）陈黎1976年诗作《更漏子》有诗句“月光沿着高高的屋檐反复逡巡 / 张开的像诗经在窗前，透明 / 透明冰凉的玻璃： / 那些滴落的莫非　就是时间”。（31）高文爵士与绿骑士，中世纪英语韵文传奇 *Sir Gawain and the Green Knight* 中之人物。（32）立雾溪，流经花莲太鲁阁峡谷之溪流。（33）陈黎本名陈膺文。（40）陈黎1977年诗作《恋歌》有诗句“但你的眼睛是一片紫深的玻璃葡萄 / 不会因过重的凝睇爆裂”。（43）“此次一别也许累月经年……”，这些字句对应鲍勃·迪伦（Bob Dylan）“西班牙皮靴”（Boots of Spanish Leather）中的一节歌词。（47）黄庭坚（黄山谷）有“同旁诗”《戏题》，前四句为“逍遥近道边，憩息慰惫懑，晴晖时晦明，谑语谐谠论”。（59）诗人纪弦有诗《七与六》。（62）郭泰碑铭，称颂汉朝郭泰（128—169）生前品行的碑铭。（75）何其芳《圆月夜》有诗句“是的，我哭了，因为今夜这样美丽！”。（88）日本诗人荒木田守武（1472—1549）有俳句（拙译）如下：“我看见落花又回到枝上——啊，蝴蝶”。（92）我母亲生于日据时期花莲玉里。（94）陈黎1989年诗作《葱》有诗句“我的母亲叫我去买葱……”。（96）陈黎有诗《木鱼书》（2001），说书生缪莲仙“客途秋恨”事。（99）美仑山与七星潭皆在花莲。（100）十六世纪，葡萄牙人航经台湾东海岸，发现立雾溪产沙金，遂以葡萄牙语“黄金之河”（Rio de Ouro：里奥特爱鲁）之名称呼花莲；洄澜，花莲旧名，殆出于十九世纪初叶或中叶移民来花莲的汉人之口。

在语言间旅行

语言者，透过既定之象征、声音或姿势系统，用以传递情感、思想……之物。中文，英文，台湾的闽南、客家语等方言……是语言；音乐、绘画、数学……也是语言。相对于作曲家、画家……，“文字”是我用以创作的语言；相对于以其他种“文字”创作的作者，我用中文写作。

我也把其他种文字的作品翻译成中文。对我而言，翻译是阅读与创作两者的同等物或替换。我并不是很积极的阅读者，为了要翻译，逼使我必须稍微广泛或专注地阅读一些东西。我也不是很积极的创作者，翻译别人的东西给了我一些补偿与刺激——在翻译时，你错以为那是自己的作品，觉得自己又在创作；在翻译的过程或翻译完成后，你无可避免地因对别人作品较专注地接近，获得一些创作上的启发或动力。

我有时觉得创作也是一种翻译：写作时，你自觉或不自觉地把你阅读、翻译、碰触其他种语言（英文、日文……或者音乐、绘画……）的经验，融入或翻转进你的作品。创作的我，因此经常在不同语言间旅行。

1

我出生于二次大战后的台湾，在台湾东部的小城花莲长大。我的父母亲生长于日本统治时期（1895—1945）的台湾，所以幼年、少年时候的我，在学校说中文（普通话），在家里与家人说台湾话（闽南语），而父母亲间却多用日语交谈。我的母亲是客家人，所以我又可以常常听到她和住在附近的亲戚用客家话交谈。我从台北读大学回来后，就在我的家乡担任中学英文老师，每班四十个学生里，约有两、三个原住民——多是阿美族和泰雅族，在学校他们也跟其他学生一样说中文。

在台北读师范大学英语系时，我透过原文或翻译，开始阅读许多外国诗人的诗作，包括叶芝、艾略特、里尔克、波德莱尔、兰波……以及某些日本俳句诗人。大学毕业后我和我太太张芬龄一起翻译了许多外国诗人的诗作，例如拉金、休斯、普拉斯、希尼、沙克丝、巴列霍、聂鲁达、帕斯、辛波斯卡——他们都影响了我。其中，聂鲁达的影响似乎更明显，因为我们至少译了三册他的诗集或诗选。

我对拉丁美洲文学产生兴趣，是因为大学时选了西班牙语为第二外语，当时虽学得不怎么样，但觉得西班牙语念起来甚为好听，所以很想找西班牙语诗来念。买了一些西英对照的拉丁美洲诗选，理解起来似乎也不算太难。一九七八至一九七九年间，我着手编译一本《拉丁美洲现代诗选》，至一九八〇年代前半已完成，但一直到一九八九年才出版，收二十九位诗人近两百首诗作，厚六百余页。

从高中以来我即喜欢听音乐，作曲家如巴尔托克、德彪西，很早就影响启发了我。后来，魏本，雅纳切克，梅湘，贝里欧……也成为我的最爱。上了大学后，从画册里我接触到了许多立体主义、超现实主义、表现主义、抽象表现主义等画家的画作（譬如毕加索、布拉克、达利、马格里特、恩索尔、柯克西卡），他们也影响了我的美学经验。大学时图书馆管理员送我一本过期的《芝加哥评论》——一九六七年九月出版的“图象诗专号”——让我印象深刻，对我后来创作图象诗或许有些影响。

2

过去几十年来，大陆、台湾两地人民所使用的中文，除了简繁体有别外，应该颇有差异。这差异固然显现在语汇、腔调、发音、字形上，也显现在语言的“气质”上。我觉得台湾的日常或文学语言，有一种有别于大陆的脉动：一方面，相对于除旧破旧推行简体字的大陆，战后的台湾，极力提倡“中华文化复兴运动”，继续使用繁体字，把中国古典文学和历史列为考试科目——这样的结果是，在台湾的写作者，比诸对岸同行，有可能对“中文之美”另有一种细腻的体会；另一方面，台湾由于海岛型向四方开放的性格，使岛上人民的中文得以自然、自由地吸纳不同的语言元素（台语、客语、原住民语、日语、英语……），生活元素和文化思潮，翻转出新的感性，趣味和生命，形成一种颇具弹性、活力，更杂糅、丰富的语言。

中文由于其象形字、单音字、一音多字（中文有很多同音字）、一字多义、谐音等特性，有许多其他语言中没有的趣味。而使用繁体字书写的中文诗，转成简体字后，某些趣味也许就流失掉了。所以，我感觉，在台湾的我书写的中文或中文诗，绝对具有一种其他语言，或其他地方的中文使用者所无的趣味。从过去几十年台湾现代诗的成绩来看，中文在此地的确不断翻转出新的感性，趣味和生命。

我的《巴洛克》一诗中用了三组“形似”的繁体字：葡萄、匍匐、蘿蔔；转成简体字——葡萄、匍匐、萝卜——趣味就不见了。我有一首《孤独昆虫学家的早餐桌巾》，集合了电脑里所有以“虫”字为偏旁的中国字，这张笔划繁多、众虫群聚的方块字桌巾，如果用简体字列印出，恐怕会走样或走味（譬如繁体字“蝟”，简体字写成“猬”——由“蟲”变成“犭”（犬）；而繁体字“蠱”、“蠶”，到了简体字变成“蛊”、“蚕”——少了好几只“虫”）：

虭虮虯虰虱虳虴虷虹虺虻虼蚅蚆蚇蚊

蚋蚌蚍蚎蚐蚑蚓蚔蚕蚖蚗蚘蚙蚚蚜蚝

蚞蚡蚢蚣蚤蚥蚧蚨蚩蚪蚯蚰蚱蚳蚴蚵

蚶蚷蚸蚹蚺蚻蚼蚽蚾蚿蛀蛁蛂蛃蛄蛅

蛆蛇蛈蛉蛋蛌蛐蛑蛓蛔蛖蛗蛘蛙蛚蛛

蛜蛝蛞蛟蛢蛣蛤蛦蛨蛩蛪蛫蛬蛭蛵蛶

蛷蛸蛹蛺蛻蛾蜀蜁蜂蜃蜄蜅蜆蜇蜈蜉

蜊蜋蜌蜍蜎蜑蜒蜓蜘蜙蜚蜛蜜蜞蜠蜡

蜢蜣蜤蜥蜦蜧蜨蜩蜪蜬蜭蜮蜰蜱蜲蜳

蜴蜵蜷蜸蜺蜻蜼蜾蜿蝀蝁蝂蝃蜚蝌蝍

蝎蝏蝐蝑蝒蝓蝔蝕蝖蝗蝘蝙蝚蝛蝜蝝

蝞蝟蝠蝡蝢蝣蝤蝥蝦蝧蝨蝩蝪蝫蝬蝭

蝮蝯蝳蝴蝵蝶蝷蝸蝹蝺蝻螁螂螃螄螅

螇螈螉融螏　螐螑螒螓螔螖螗螘螚螛

螜螝螞螟螢螣螤螪螫螬螭螮螯螰螲螳

螴螵螶螷螸螹螺螻螼螽螾螿蟀蟂　蟃

蟄蟅蟆蟈蟉蟊蟋蟌蟑蟒蟓蟔蟗蟘蟙蟚

蟜蟝蟞蟟蟠蟡蟢蟣蟤蟥蟦蟧蟨蟪蟫蟬

蟭蟯蟳蟴蟶蟷蟹蟺　蟻蟼蟾蠀蠁蠂蠃

蠅蠆蠈蠉蠊蠋蠌蠍蠐蠑蠓蠔蠕蠖蠗蠙

蠛蠜蠝蠟　蠠蠡蠢蠣蠤蠥　蠦蠨蠩蠪

蠫蠬蠮蠯蠰蠱蠲蠳蠶蠸蠹蠻蠼蠽蠾蠿

多年前我写过一首《战争交响曲》，全诗有很多行，但只用四个字组成——兵、乒、乓、丘（你甚至可以说只用了一个“兵”字，因为其他三个字都是“兵”的变形）：

兵兵兵兵兵兵兵兵兵兵兵兵兵兵兵兵兵兵兵兵兵兵兵兵
兵兵兵兵兵兵兵兵兵兵兵兵兵兵兵兵兵兵兵兵兵兵兵兵
兵兵兵兵兵兵兵兵兵兵兵兵兵兵兵兵兵兵兵兵兵兵兵兵
兵兵兵兵兵兵兵兵兵兵兵兵兵兵兵兵兵兵兵兵兵兵兵兵
兵兵兵兵兵兵兵兵兵兵兵兵兵兵兵兵兵兵兵兵兵兵兵兵
兵兵兵兵兵兵兵兵兵兵兵兵兵兵兵兵兵兵兵兵兵兵兵兵
兵兵兵兵兵兵兵兵兵兵兵兵兵兵兵兵兵兵兵兵兵兵兵兵
兵兵兵兵兵兵兵兵兵兵兵兵兵兵兵兵兵兵兵兵兵兵兵兵
兵兵兵兵兵兵兵兵兵兵兵兵兵兵兵兵兵兵兵兵兵兵兵兵
兵兵兵兵兵兵兵兵兵兵兵兵兵兵兵兵兵兵兵兵兵兵兵兵
兵兵兵兵兵兵兵兵兵兵兵兵兵兵兵兵兵兵兵兵兵兵兵兵
兵兵兵兵兵兵兵兵兵兵兵兵兵兵兵兵兵兵兵兵兵兵兵兵
兵兵兵兵兵兵兵兵兵兵兵兵兵兵兵兵兵兵兵兵兵兵兵兵
兵兵兵兵兵兵兵兵兵兵兵兵兵兵兵兵兵兵兵兵兵兵兵兵
兵兵兵兵兵兵兵兵兵兵兵兵兵兵兵兵兵兵兵兵兵兵兵兵
兵兵兵兵兵兵兵兵兵兵兵兵兵兵兵兵兵兵兵兵兵兵兵兵

兵兵兵兵兵兵兵乒兵兵兵兵兵兵兵乓兵兵兵兵兵兵兵乒
兵兵兵乓兵兵乒兵兵兵乒乒兵兵乒乓兵兵乒乓兵兵乓乓
乒乒兵兵兵兵乓乓乓乓兵兵乒乒乓乓乒乓兵乓兵兵乓乓
兵乒兵乒乒乒乓乓兵兵乒乒乓乓乓乓乒乒乓乓乒兵乓乓
乒兵乓乓乒兵乓乓乒乒乓乓乒乒乓乓乒乒乓乓乒乒乓乓
乒乒乓乓乒乒乓乓乒乒乓乓乒乒乓乓乒乒乓乓乒乒乓乓
乒乒乓乓乒乒乓乓乒乒乓乓乒乒乓乓乒乒乓乓乒乒乓乓
乒乓乒乓乒乓乒乓乒乓乒乓乒乓乒乓乒乓乒乓乒乓乒乓
乒乓乒乓乒乒乓乓乒乓乒乓乒乒乓乓乒乓乒乓乒乒乓乓
乒乒乒乒乒乒乒乒乓乓乓乓乓乓乓乓乒乒　乒乒乒　乓
乓乓　乒乓乒乒　乒　乓　　乒乒　　　乒乒　　乓乓
乒乒　　乓乒　乒　乓　乒　乓　乒乒乒　　乓　乒
　乒乒　乓　乓乓　乒　　乒　乓　　乒　乓　　　乒
乒　　　　　　乓乓　　　　　　乓　　　　乒　乓
　乒　　　乓　　　　乒　　　　　乓　　　　乓
　　　乒　　　　　　　　　　　　　　　乓

丘丘丘丘丘丘丘丘丘丘丘丘丘丘丘丘丘丘丘丘丘丘丘丘
丘丘丘丘丘丘丘丘丘丘丘丘丘丘丘丘丘丘丘丘丘丘丘丘
丘丘丘丘丘丘丘丘丘丘丘丘丘丘丘丘丘丘丘丘丘丘丘丘
丘丘丘丘丘丘丘丘丘丘丘丘丘丘丘丘丘丘丘丘丘丘丘丘
丘丘丘丘丘丘丘丘丘丘丘丘丘丘丘丘丘丘丘丘丘丘丘丘
丘丘丘丘丘丘丘丘丘丘丘丘丘丘丘丘丘丘丘丘丘丘丘丘
丘丘丘丘丘丘丘丘丘丘丘丘丘丘丘丘丘丘丘丘丘丘丘丘
丘丘丘丘丘丘丘丘丘丘丘丘丘丘丘丘丘丘丘丘丘丘丘丘
丘丘丘丘丘丘丘丘丘丘丘丘丘丘丘丘丘丘丘丘丘丘丘丘
丘丘丘丘丘丘丘丘丘丘丘丘丘丘丘丘丘丘丘丘丘丘丘丘
丘丘丘丘丘丘丘丘丘丘丘丘丘丘丘丘丘丘丘丘丘丘丘丘
丘丘丘丘丘丘丘丘丘丘丘丘丘丘丘丘丘丘丘丘丘丘丘丘
丘丘丘丘丘丘丘丘丘丘丘丘丘丘丘丘丘丘丘丘丘丘丘丘
丘丘丘丘丘丘丘丘丘丘丘丘丘丘丘丘丘丘丘丘丘丘丘丘
丘丘丘丘丘丘丘丘丘丘丘丘丘丘丘丘丘丘丘丘丘丘丘丘
丘丘丘丘丘丘丘丘丘丘丘丘丘丘丘丘丘丘丘丘丘丘丘丘

“兵”（bing）是战士；“乒”（ping）和“乓”（pong）是两个拟声字，听起来像枪声，看起来像断手断腿的战士，合起来可以有“乒乓球”（桌球）的联想；“丘”（qiu）是小土山，暗示坟冢。此诗也许是我最广为人知的诗，我想大概很难翻成外文。译者多半仅将标题译成外文，加上注释，而保留中文原作。我在网络上看到一位在英国教翻译的波兰人 Bohdan Piasecki，居然将其翻成英文：第一段，他以“A man”替代“兵”；第二段则以“Ah man”与“Ah men”替代零落、散置的“乒”和“乓”；第三段，则以“Amen”替代“丘”，或可诠释为葬礼的祈祷文。这是一个有趣的翻译，透过翻译，译者对此诗进行再创作。

我常说我并非此诗真正的作者，我只是被“中国文字”附身的乩童，有天早上醒来，打开电脑，花了五分钟键入、复制那四个字，就完成了。我曾在《动画的乐趣》一文中提到我看过的一部俄国巴尔汀（Garry Bardin，1941— ）一九八三年以火柴棒为素材制成的动画短片《斗争》（Konflikt）：绿、蓝两色火柴棒兵团互相冲突，燃烧，同归于尽。写《战争交响曲》时，我完全没有想到这部动画，当后来有人把《战争交响曲》做成动画时，我才赫然想起它。你可以说我的诗翻译了它。有读者在网络上提到此诗也许跟德国诗人贡林格（Eugen Gomringer，1925— ）一九五三年诗作 "Ping Pong" 有关，我赶紧搜寻这首诗，发现以前全然未见过此诗，但几乎是我《战争交响曲》第二节某个片段的翻译：

ping pong
ping pong ping
pong ping pong
ping pong

我想，这算是不同时空创作者在语言旅行途中的巧遇吧！

3

一九八三年，我与张芬龄出版了一本两人合译的《沙克丝诗集》和一本《神圣的咏叹：但丁》。翻译沙克丝和但丁的作品，对我而言是极奇特的经验。在此之前，我对于犹太教神秘哲学一无所知，对于来世的想象或天堂至福一类的描述也少有兴趣。但为了翻译，必须要阅读；阅读之后，有所困惑，有所思索，居然大受感动。我忘不了当初紧密阅读《神曲》“天堂篇”最后几章时的震颤，何其伟大、华美的想象！何其抽象、纯粹的秩序！也忘不了被沙克丝纯粹、神秘、固执的抒情渗透时的奇妙喜悦，即使我依然是无神论者。这些美妙的想象与创构不只与宗教（或一种宗教）有关，它们也跟所有的人类有关。在“现实主义”之外，我学会了其他观看方式。对我而言，翻译就是把自己阅读到的感动具体、清楚地传递给别人；而如何将感动化作一种有清晰方向的动力，则是翻译者的工作。能让读者充分体会到你的感动的翻译，就是好的翻译。

拉丁美洲文学倒是很容易感动生长在台湾的我们，其中原因或许是第三世界国家或地区面对西方文艺思潮冲击时处境的相似。我一直觉得台湾现代诗发展的过程其实就是拉丁美洲现代诗史的缩影，只不过他们的进程或遭遇的问题可能比我们要早个二十年。最终极的问题就是：如何在西方化或现代化的过程中，保有或凸显本地的特色？拉丁美洲魔幻写实主义是他们提出的鲜明答案。但答案不只一个，每一种答案都有它各自的意义。无疑地，超现实主义丰富了许多拉丁美洲诗人以及台湾诗人的观看方式。而阅读、翻译拉丁美洲文学教导我将台湾元素与现代或后现代艺术做结合。我有一些诗挪用或改写台湾原住民神话、传说，即是此类尝试。底下为一例：“一只苍蝇飞到女神脐下湿黏的捕蝇纸。／像白日轻槌黑夜／亲爱的祖先，用你股间不曾用过的新石器轻轻槌它”。泰雅族创世神话谓太古有男女二神，本不知男女之道，因一只苍蝇停在女神私处，方恍然大悟（阿美族亦有类似神话）。“捕蝇纸”、“新石器”等字眼，让此诗增添了一种统整过去与现在的后现代趣味，使之既传奇又当代，既部族又色情。

我译的第一首聂鲁达诗应该是《地上的居住》里的《我述说一些事情》，此诗宣示其诗风转变之缘由——因为西班牙内战，他的诗由晦涩、隐密、梦幻转趋宽阔、明晰。结尾几行，很令人感动：“你们将会问：你的诗为什么不告诉我们／梦或者树叶，不告诉我们／你家乡伟大的火山？／／请来看街上的血吧！／请来看／街上的血，／请来看街上的／血！”

作为一个创作者，我的诗语言和诗观念显然受到我翻译聂鲁达此一经验的影响。但我不敢确定——以中文为工具的我的诗语言，是受到聂鲁达诗的影响，还是受到我翻译出来的聂鲁达诗的影响？我的某些诗的构成手法和概念的确源自聂鲁达。一九七九年，我翻译了聂鲁达的《马祖匹祖高地》，诗中那种死亡与再生、压迫与升起，以及诗人应该为受苦者说话的意念深植于我心中。聂鲁达在此诗中仿佛连祷文般堆叠了七十二个名词词组，启发我在来年写的一首描述矿场灾变的长诗《最后的王木七》中，大胆并置了三十六个名词词组。我在后来的《太鲁阁·一九八九》一诗以“大量表列”手法列举了四十八个泰雅族语地名，在《岛屿飞行》一诗中列举了九十五个不同语言来源的台湾山名，都是聂鲁达技法的衍化，只是源头也许可以指向另一首《地上的居住》里的诗《西班牙什么样子》（Como era España）——聂鲁达在此诗前四节描述他如何深爱着西班牙顽强的土地、卑微的人民，后六节则一口气列出五十二个西班牙乡镇的名字。我没有译聂鲁达此诗，或许觉得它只是平面化的堆叠，并非全然成功之作，知名的聂鲁达英译者塔恩（Nathaniel Tarn）和贝利特（Ben Belitt），在译此诗时都只取其前四节，而把我觉得印象深刻的后面六节地名全数删掉。我则设法让《太鲁阁·一九八九》和《岛屿飞行》里的名词群与诗作其他部分形成某种辩证关系，成为一次对多元族群汇聚的脚下土地认同、回归的仪式。聂鲁达此类表列技法，相对地，可能受到智利前辈诗人乌依多博（Vicente Huidobro，1893—1948）的影响，乌依多博在他一九三一年出版的前卫史诗《阿尔塔索》（*Altazor*）里长六百多行的《第五诗篇》（Canto V）中，曾堆叠了一九〇个（一九〇行）以 Molino（磨坊）开始的名词词组。

我在《拉丁美洲现代诗选》翻译了乌依多博的五首诗，其中《日本风》（Nipona）一诗以双箭头的多边形排印出，是整本诗选中唯一一首图象诗，当初阅读时颇觉有趣。

4

我虽然不能读日文，但因着日文中大量的汉字，以及懂日文的我父亲的帮助，经由英文翻译和日文原作，我阅读、翻译了一些日本的俳句和短歌，久之，也触发我用类似诗型书写当代生活。我的《小宇宙：现代俳句200首》即是此一情境下的产物（巴尔托克有包含一百五十三首钢琴小曲的《小宇宙》）。师法甚至模仿前辈大师（或用典），本身就是俳句传统的一部份。我的"现代俳句"有一些是对古典俳句或其他艺术经典的致敬或变奏，也有一些是从前辈、友辈甚或自己的诗作转化而来。不管是夺胎换骨，或整型移植，诗的家庭之旅是孤寂的宇宙家庭之旅中，最具体而温热的一环（"家庭之旅"是我一首诗名，也是我一本诗集的名称——来自巴西诗人德拉蒙德（Carlos Drummond de Andrade，1902—1987）的同名诗，收于我译的《拉丁美洲现代诗选》）。我的三行诗与其说是"日本风"，不如说是"台湾风"，它们展现的是"台湾中文"的趣味：既中国又台湾，既古典又当代，就像台湾这个岛屿，因它的地理，因它的历史，不断吸纳、涵化来自四方的一切元素。试举几首我译读或写过的诗句：

采菊东篱下，悠然见南山（陶渊明，约365—427）

悠然见南山者，是蛙哟（小林一茶，1763—1827）

栖息于寺庙钟上，熟睡的一只蝴蝶（与谢芜村，1716—1784）

栖息于寺庙钟上，闪烁的一只萤火虫（正冈子规，1867—1902）

他洗马，用秋日海上的落日（正冈子规）

他刷洗他的遥控器，/ 用两栋大楼之间 / 渗透出的月光（陈黎，小宇宙 I:1）

我等候，我渴望你：/ 一粒骰子在夜的空碗里 / 企图转出第七面（小宇宙 I:14）

一粒骰子在夜的空碗里 / 转出第七面：/ 神啊，你居然在（小宇宙 II:25）

云雾小孩的九九乘法表：/ 山乘山等于树，山乘树等于 / 我，山乘我等于虚无……（小宇宙 I:51）

婚姻物语：一个衣柜的寂寞加 / 一个衣柜的寂寞等于 / 一个衣柜的寂寞（小宇宙 I:97）

一如一茶的“蛙”陌生化、新鲜化中国古代诗人陶渊明的眼光，我用“遥控器”翻译、更新正冈子规孤寂清丽的生命风景。同样“栖息于寺庙钟上”，子规的萤火虫以闪烁的光生动化了与谢芜村熟睡蝴蝶的幽静，而我的诗里同样一粒骰子却在不同时空翻转出不同想象，印证神或神迹的暧昧吊诡以及人的焦急薄弱。最后两首用“假数学”写成的诗也许可以视做当代台湾诗在平凡中制造惊奇的样例。

5

我在一九七六年写了一首十行的《雪上足印》，标题来自法国作曲家德彪西的钢琴《前奏曲》第一卷第六首。我企图用诗翻译德彪西的作品：“因冷，需要睡眠 / 深深的 / 睡眠，需要 / 天鹅一般柔软的感觉 / 雪松的地方留下一行潦草的字迹 / 并且只用白色，白色的 / 墨水 / 因他的心情，因冷 / 而潦草 / 白色的雪”。有好几位作曲家将这首诗谱成歌曲，翻译回音乐。一九九五年，我又写了一首《雪上足印》，可以说是前作的翻译，但这次只用“%”“. ”等非文字：

%

%

%

%

.

.

.

《小宇宙》中也出现类似的自我翻译：

你的声音悬在我的房间
切过寂静，成为用
温度或冷度说话的灯泡

（小宇宙 II:47）

……

。

，

（小宇宙 II:48）

后一首诗可以说是前一首诗的翻译或图象化，中文的句号“。”显然是在寂静中发声或以寂静发声的灯泡。

写作就是翻译吗，在不同语言间旅行？或者所有创作者创作的是同一件作品，反复被覆写的纯粹的空白，虚空的丰满？我最近写了一首诗《白》，前面几行是“白”和“日”两个中文字，其余则是非文字。写完后让我想起我喜欢的美国画家罗斯科（Mark Rothko，1903—1970）：

白白白白白白白白白白白白白白白白白白白白白白白白
白白白白白白白白白白白白白白白白白白白白白白白白
白白白白白白白白白白白白白白白白白白白白白白白白
白白白白白白白白白白白白白白白白白白白白白白白白
白白白白白白白白白白白白白白白白白白白白白白白白
白白白白白白白白白白白白白白白白白白白白白白白白
日日日日日日日日日日日日日日日日日日日日日日日日
日日日日日日日日日日日日日日日日日日日日日日日日
日日日日日日日日日日日日日日日日日日日日日日日日
日日日日日日日日日日日日日日日日日日日日日日日日
日日日日日日日日日日日日日日日日日日日日日日日日
日日日日日日日日日日日日日日日日日日日日日日日日
凵凵凵凵凵凵凵凵凵凵凵凵凵凵凵凵凵凵凵凵凵凵凵凵
凵凵凵凵凵凵凵凵凵凵凵凵凵凵凵凵凵凵凵凵凵凵凵凵
凵凵凵凵凵凵凵凵凵凵凵凵凵凵凵凵凵凵凵凵凵凵凵凵
凵凵凵凵凵凵凵凵凵凵凵凵凵凵凵凵凵凵凵凵凵凵凵凵
凵凵凵凵凵凵凵凵凵凵凵凵凵凵凵凵凵凵凵凵凵凵凵凵
————————————————————————
————————————————————————
————————————————————————
————————————————————————
……………………………………………………………………
……………………………………………………………………
……………………………………………………………………
…………………………………………………………………
…………………………………………………………………
……………………………………………………………………

二〇〇九

后记

这本《蓝色一百击》是我的最新诗作集，收录获 2013 年台湾文学奖新诗金典奖《朝 / 圣》中的五辑诗作，一辑近年所写有关岛屿台湾之诗，以及近两年未结集新作《蓝色一百击》等。我要感谢素未谋面的雅众文化方雨辰女士，在邀我中译英国桂冠女诗人达菲（Carol Ann Duffy）杰出诗集《野兽派太太：世界之妻》（*The World's Wife*）之外，又约我出版一本我自己的诗集，让先前读过拙译的大陆读者，有机会翻读简体版的陈黎自己的诗。

2011 年 11 月，我右手、右背突然筋膜发炎，牵及脚伤、心忧、视衰，有一年多时间不能使用电脑，无法像先前一样肆意行动。

这段与疼痛共存的日子，让我学到的就是“与疼痛共存”，其间我服用身心科医师所开之药，以减少身心之痛，一路下来，身心情况渐有改善，书写不便的我，以铅笔圈选既有文字、重组成新诗作，于2012年七月完成一本“再生”诗集《妖／冶》，一方面回收、再生前人或自己既有之作，一方面藉之“妖冶”、转移病痛，再生自己身心之力。

这段时间算是我生命中极规律（或单调）的一个阶段，活动范围大都不出以我家为圆心，半径五百公尺的圆周内。节目不外乎：1、就诊，吃药；2、吃饭，睡觉，做简单运动；3、无聊发呆，无事可做。医生与朋友们都教我要慢、要静，但我似乎还是很快、很急。2012年12月时，右手不敢滑动电脑鼠标的我，很高兴发现自己可以在手机上以Word文件简单地写作、编辑，在2012年12月26日至2013年3月25日这三个月间，完成了诗集《朝／圣》里的一百余首诗。在这么短的时间里让本来尚无头绪的诗集成形，在我的写作经历里是未曾有之的。我有点像自动写作机，或不断起乩的“乩童”。我先在手机上一音一音按键成字，写好初稿，再在电脑上修改、打印出。《朝／圣》一书的构成，线条简单、构图明晰之质，超过我先前任一本诗集。书中各辑标题很快就浮现我脑中：“香客”、“十二朝”、“十二圣”、“四方”、“五寰”，合而为之即是“香客朝圣四方五寰”——无力跨出花莲的香客我，只能“在我的城旅行所有的城”，藉神游，朝圣古今四方五寰。

家附近晨间的“星巴克”是这段时间我独处建构这些诗的

主要场所，下午的“王记茶铺”则是我陆续发表新作之处，观众十有九点九是我太太张芬龄一人。常常是睡前或睡中，忽有一念，敷衍若有形，赶紧转身打开手机，在床铺上记录下诗句，顺利的话，一夜数醒，及时成篇。最多时，一天写成五首。写作时间最长的是《一块方形糕》一诗，我本来以为这首既要横读、又要直读，以斜读的对角线为主题句的图象诗，根本不可能完成，写到第二天晚上有几个小缺块拼不起来，很想就此放弃，没想到第三天早上起来又继续苦思，熬了一整天总算完成这块文字拼图。两首圣者向动物说教诗，先写成的《圣安东尼向鱼说教》，标题出于马勒《少年魔号》歌曲集里的同名歌曲。《圣方济向鸟说教》一诗则是前四辑诗作中最后完成的，花了我整整两日夜；为了找出有别于《圣安东尼向鱼说教》一诗的呈现方式，筹备的时间却是全书中最久的。我年轻时听了李斯特钢琴曲《两首传说》，其一即是描绘圣方济向鸟布道，后来爱鸟、爱人、爱神的梅湘（Olivier Messiaen, 1908—1992）写成歌剧《阿西吉的圣方济》，更让人印象深刻。

“十二朝”一辑中的诗完稿最先。《唐朝》之前本来应有隋朝，但因为我在2009年出版的诗集《轻／慢》中已写过，遂略之。小时候在历史课本读到大禹治水，说他爸爸名叫鲧，他儿子名叫启；长大后又在《楚辞・离骚》里看到“启九辩九歌兮，夏康娱乐以自纵”，说九辩、九歌皆天帝乐名，启登天而窃以下用之也。我把这些转成我的《夏朝》。《周朝》的“周”字，在金文里是上“田”、下“口”，后来才变成今貌。在台湾，明朝最有名的人，除了郑成功，就是王阳明，听说他曾在阳明山“格竹致知”，使王阳明自己和明朝，扬名天下。

我因阅览有限，所识圣贤无多，写完“十二圣”一辑前三圣后，只好派配角登场，将雌据厨房一角的我太太，以及无名、匿名的圣者，写入《厨圣》《万圣》《无圣》中。我本来要写西方的“乐圣”贝多芬，因为他聋了，怕他听不见我的诗，乃改写东方“快乐之圣”刘伶。松尾芭蕉是日本俳句之圣，所以芭蕉的“言叶”（言语），也是芭蕉叶。“四方”一辑中的诗，每一首（或每一节）都是四方形的，因以名之，这自然也是一种格律，一种现代诗中形式上的节制。

“五寰”一辑中《五季》里的五十六首十三行诗写成于2013年3月5日至25日间。前四部分“春歌”、“夏歌”、“秋歌”、“冬歌”五十二首算是一本诗的年历：一年五十二周，分配给四季，恰好一季十三首诗、十三个礼拜。写诗的妙处在于意外之趣味／利息（interest），多出之红利（bonus）。将前四部分十三首诗的首行依序合在一起，又生出四首新诗、四个礼拜，此即第五部分“十三月”。一年遂有“五季”——五十六周、五十六首诗。我诗的年历于是多迸出神奇的一个月，一年的第五季。

我要承认少年以来就一直喜欢的乐府诗、《诗经·国风》等古典民歌对我写作的影响。如果作诗如作曲的话，我的作曲法似乎常借着形、音、义的歧义性，分裂、发展动机或主题。以此方式，我试着探索有别于其他语文的方块中文诗的书写新可能。写这些诗时，我期待能运指如刀，利落干净地切出简洁、自然之作：书的架构清爽，诗的题目清爽，形式清爽，文字清爽。但能否做到，就有待四方方家目测了。

三联书店一年多前出版的《百年新诗选》提到拙诗时说："陈黎的作品丰富多元，堪称现代汉诗史上最杂糅的诗人……近二十年来他表现了突出大胆的实验性，诸如双关语和谐音字，图象诗和排列诗，古典诗歌的镶嵌和古典典故的改写等等。然而，他并非一位标新立异的诗人，而是在为他庞大的题材寻找最贴切的有机形式。"这对我真是极大的鼓励！我希望有心的读者仍能在我这本诗集最新的诗作，譬如《蓝色一百击》一作里，看到多年来我追索中文现代诗创作新可能的努力与用心，看到一个游吟逾四十年的花莲诗人"青青轻轻唱"他的花莲蓝调，"乱弹乱舞乱中有序"，企图藉这"乱敲乱唱自成一团"的一人乐团，"轻轻调合悲凉与夏日海风凉，调合岛屿与历史，梦与地理"，调动古老中国敬亭下诗的十日谭与花莲太平洋边的七星潭。

陈黎

二〇一七年七月 花莲

图书在版编目（CIP）数据

蓝色一百击 : 陈黎诗选 / 陈黎著 . -- 北京 :
新星出版社 , 2017.11
ISBN 978-7-5133-2791-6

Ⅰ . ①蓝… Ⅱ . ①陈… Ⅲ . ①诗集 — 中国 — 当代
Ⅳ . ① I227

中国版本图书馆 CIP 数据核字 (2017) 第 187734 号

蓝色一百击：陈黎诗选
陈黎 著

策划机构： 雅众文化
策 划 人： 方雨辰
责任编辑： 汪　欣
特约编辑： 周欣祺 张立康
装帧设计： 尚燕平

出版发行： 新星出版社
出 版 人： 谢　刚
社　　址： 北京市西城区车公庄大街丙 3 号楼 100044
网　　址： www.newstarpress.com
电　　话： 010-88310888
传　　真： 010-65270449
法律顾问： 北京市大成律师事务所

读者服务： 010-88310811　service@newstarpress.com
邮购地址： 北京市西城区车公庄大街丙 3 号楼 100044

印　　刷： 山东临沂新华印刷物流集团有限责任公司
开　　本： 880mm × 1194mm　1/32
印　　张： 8
字　　数： 144 千字
版　　次： 2017 年 11 月第一版　2017 年 11 月第一次印刷
书　　号： ISBN 978-7-5133-2791-6
定　　价： 45.00 元